Y AVEZ-VOUS DANSÉ, TOINOU ?

DU MÊME AUTEUR

AUX ÉDITIONS ROBERT LAFFONT

Jeanne la Polonaise
- 1. *Jeanne la Polonaise*
- 2. *Il neige encore sur Varsovie*
- 3. *La Force des larmes*

Par un si long détour
Les Pêches de vigne
Les Saisons de Vendée
- 1. *Les Saisons de Vendée*
- 2. *L'Etoile du bouvier*
- 3. *Notre-Dame des Caraïbes*

La Malvoisine
Le Chemin de Fontfroide
Les Noces de Claudine
Les Lilas de mer, prix Charles-Exbrayat 2001
Les Sœurs Robin, prix du roman populaire
L'Orgueil de la tribu, Grand Prix catholique de littérature
Elle voulait toucher le ciel
La Flèche rouge
La Chanson de Molly Malone
La Mère
La Route de glace
Aide-toi et le ciel...
Délivre-moi
La mer était si calme
Même les pierres ont résisté
Les Deux Ecoles
L'Instant de grâce

AUX ÉDITIONS LE CERCLE D'OR

Un Tristan pour Iseut
Lire

AUX ÉDITIONS FLAMMARION

La Chasse aux loups
Le Grand Cortège

Yves Viollier

Y AVEZ-VOUS DANSÉ, TOINOU ?

Roman

Terres de France

PRESSES DE LA CITÉ

ISBN 978-2-258-13615-1

Presses de la Cité
un département **place des éditeurs**

place des éditeurs

A Benjamin,
qui nageait deux longueurs et demie de bassin,
la tête sous l'eau, sans reprendre son souffle…

L'important, ce n'est pas Jarnac (Charente)
ou Middletown (Massachusetts)
ou Vrostov (Biélorussie).
C'est d'avoir des raisons de vivre, et raison de vivre,
à Middletown, Vrostov ou Jarnac.

Claude ROY,
La Tour de Feu, nos 29-30, printemps 1949

1

J'ai rencontré Antoinette Besse pendant l'été.

Nous passions nos vacances à Angeac, chez les parents de Marie-Claire, au milieu des vignes.

Angeac est une île dans la vallée, entre les bras multiples du fleuve Charente. On franchit les dos-d'âne des ponts de Vibrac, du canal, du Petit Royan et du Brassiaud, et on arrive à l'église, la place et les vieux tilleuls. L'épicerie-café Durand est à gauche. La maison des deux sœurs Aminthe et Marie en face. On tourne à droite. Et après deux cents mètres de route étroite entre les murs (le four à pain communal empiète un peu), on arrive chez les parents de Marie-Claire.

Boisrond, d'Angeac, c'est là.

Son père y a fait construire sa maison pendant la guerre. Il était de là-bas. Il descend d'une vieille lignée de vignerons dont les origines se perdent au dix-septième siècle parmi les inventeurs du cognac.

Avant, il n'y avait à Boisrond que des granges et une maisonnette appuyée aux restes de vieux murs d'une commanderie de Templiers qui s'enfonçait dans la terre des remouilloirs. Il a planté des peupliers dans la prairie autour. Les arbres pompent l'humidité. Le soir, quand le serein tombe, quand les vignes ont soif, après une brûlante journée de vacances, on entend l'eau du fleuve ruisseler sur la chaussée et les feuilles des peupliers cliquettent dans les éblouissements des éclairs de chaleur. Je ne sais pas laquelle des deux j'ai aimée la première, Marie-Claire ou la Charente. Je les ai aimées en même temps, l'une à travers l'autre. Et j'ai toujours pensé que, si le bonheur existe, il est là quelque part, parmi les mamelons des collines charentaises.

Marie-Claire m'a prêté le vélo de son frère dès les premiers jours. Nous avons escaladé ces collines ensemble à bicyclette incessamment pendant les vacances. Les chemins blancs sinuent entre les damiers des vignes hautes. Des ifs sont plantés au bord. On passe de la craie de la lumière à l'ombre étroite des arbres noirs. Et puis on arrive aux murs de la cour de la grosse maison charentaise, à un étage ou deux parfois, surmontée d'un grenier. C'est généralement un point de vue imprenable sur tout le cirque des collines. Alors pourquoi ce lourd portail de bois clos qui retient le regard entre les colonnes sculptées ?

Les Charentais méfiants cachent leur bonheur derrière leurs murs noircis par la respiration de l'or du cognac. Mais les contrôleurs de la Régie ne s'y trompent pas. Le champignon *Torula compniacensis*, nourri de la part des anges, étale son velours sur la pierre blanche et les tuiles des chais. Et les cartouches de fer rouillés des assurances Le Soleil ou La Prévoyante, cloués sur la pierre de leurs porches, disent avec orgueil au visiteur que leurs propriétaires n'ont pas de souci à se faire.

La maison et ses dépendances rassemblées en carré rappellent les villas romaines essaimées ici. Certains bourgs en ont d'ailleurs gardé les noms, Bouteville, Ambleville, Sonneville. Des maisons plus bourgeoises ont quand même abattu un mur et ouvert une terrasse à colonnades sur la vallée et le point de vue.

A bicyclette, on peut s'accrocher aux pierres et, dressé sur les pédales, voir dans les cours par-dessus les murs.

Le père de Marie-Claire n'a pas construit de hauts murs. La glycine embaumait en arche au-dessus du portillon de l'entrée de Boisrond, la première fois que je suis venu. Tout riait. J'ai vu la maison tournée vers le jardin, les palmiers, le figuier, le pommier du Japon, et plus loin la prairie et ses colonnes de peupliers que j'ai appris à appeler ici « carolins » parce qu'on en avait importé les plants de Caroline. Nous nous sommes assis à l'ombre du catalpa. J'ai compris que j'allais beaucoup apprendre. Cet été-là, et ceux qui ont suivi, j'ai commencé à me convertir à la Charente.

Nous nous sommes dit oui, Marie-Claire et moi, dans la belle petite église romane du bourg, deux ans plus tard. Ses deux grand-tantes vieilles filles, Aminthe et Marie, attendaient sur leur seuil, avec leurs chapeaux, le cortège de la mariée.

C'est André, le frère de Marie-Claire, qui n'a pas cessé de me parler de Toinou quand nous passions ensemble, à Boisrond, des soirées de dimanche.

« Ah ! Toinou ! Cette Toinou ! »

Pour tout le monde, Antoinette Besse était Toinou, ou mémé Toinou.

Elle n'était pas d'ici. Elle était de « là-bas ». Ça se savait. Personne ne l'avait oublié. Même si son arrivée en Charente, avec son mari et son fils, remontait à 1907. Les Besse venaient du Périgord noir, à la limite de la Dordogne et de la Charente limousine. Ils faisaient partie de ces tribus de forte émigration « étrangère » venues de Vendée ou du Périgord replanter la vigne après la crise du phylloxéra et ses ravages dans le vignoble charentais à la fin du dix-neuvième siècle. Des colonies de Vendéens, surtout, ont fait le voyage. On imagine une France du dix-neuvième et du début du vingtième immobile. Trois mille personnes quittaient la Vendée chaque année avant 1914. Et le journal *Ici Paris* pouvait écrire : « Parce que leurs femmes sont trop fécondes, les Vendéens vont chercher des terres vierges. »

J'avais côtoyé Toinou à nos fêtes de famille. Elle était la grand-mère de Lise-Marie, la femme d'André. Mais je n'avais pas écouté plus que ça la petite femme en robe noire qui bavardait avec un accent de soleil en roulant légèrement les *r* comme dans le pays d'oc de ses origines.

— Ah ! Toinou ! Cette Toinou ! m'a répété André cet été-là.

Ils l'avaient surprise à l'aplomb du soleil, en plein milieu d'après-midi, en sueur, manches retroussées, la bêche à la main, au milieu des haricots à rames de son jardin. A quatre-vingt-douze ans !

« Mais vous allez attraper la mort !

— Eh bé, il faut bien mourir de quelque chose ! »

Elle essuyait son front mouillé avec la pointe de son foulard.

« Eh, pauvre, il faut bien que quelqu'un le fasse, puisque, “elle”, elle ne le peut pas ! »

« Elle », c'était sa bru à la santé fragile.

Et puis, un soir, sous le catalpa, il m'a raconté l'histoire qu'ils se répétaient dans la famille. C'était leur légende intime, leur *Petit Chaperon rouge* domestique.

Toinou avait sept ans. La neige s'était mise à tomber un après-midi de l'hiver 1895. Son hameau natal du Grand-Gillou, parmi les brandes et les grands bois de châtaigniers, était à cinq kilomètres du bourg de Javerlhac, où elle allait parfois à l'école.

La maîtresse avait cessé la classe plus tôt.

— L'école est finie, les enfants. Dépêchez-vous de rentrer chez vous avant la nuit !

Toinou a croisé sa tante en traversant le bourg. La femme était couturière à Javerlhac et elle a invité sa nièce, qui était aussi sa filleule, à passer la nuit chez elle pour lui éviter l'aventure à travers bois par ce mauvais temps. La petite a refusé, de crainte d'inquiéter ses parents qui l'attendaient au Grand-Gillou.

Les premiers pas après la sortie du bourg ont amusé les enfants. La troupe des écoliers a saboté en glissant dans la poudreuse. Il faisait jour encore, gris. La neige tombait, légère. Les batailles de boules de neige ont mouillé leurs mitaines.

Et puis les flocons ont tombé plus dru, en duvet de plumes. La troupe est devenue moins nombreuse à mesure que les enfants rejoignaient leurs hameaux. Ils n'ont plus été que huit.

Puis six. Puis quatre.

Ils n'ont plus ri. Le jour était mauve, maintenant. La neige fouettait en rideaux qui se refermaient autour d'eux.

Ils s'enfonçaient parfois dans les fossés jusqu'aux genoux alors qu'ils connaissaient la route par cœur. La laine de leurs capuchons était lourde et blanche de flocons. De temps en temps l'un ou l'autre s'ébrouait. Les mitaines mouillées glaçaient les mains. Ils avaient froid, ne parlaient plus, marchaient vite. La nuit venait.

Le père de Toinou est allé au portillon du courtil du Grand-Gillou, où le chien aboyait. Il a écouté les pleurs de l'animal, qui guettait le retour de sa petite maîtresse derrière la haie. Il a décroché la lampe-tempête dans la grange. On n'y voyait plus dans le ballet serré des flocons.

Il a marché jusqu'à l'étang gelé, qu'ils appelaient « le lac ». La route se perdait ensuite dans le grand bois qui formait comme un mur.

Il a appelé :

— Toinou ! Toinou ! Toinou !

Le bois lui a répondu :

— Hou ! Hou ! Hou !

C'était le chœur des loups. Le vent violent portait leur plainte hurlante.

— Toinou ! Toinou !

— Hou ! Hou !

Il est revenu au Grand-Gillou en courant et trébuchant dans le vent et la neige en tempête. Les voisins sont sortis avec d'autres lampes et des fourches. Ils approchaient de la lisière du grand bois lorsqu'une silhouette floue a surgi de la brume blanche. Ils ne savaient pas si c'était elle ou les loups. Ils ne voyaient rien. Ils ont brandi leurs fourches.

— Toinou ! Toinou ! Oh, c'est toi, Toinou ?

Son capuchon était tout blanc. Son père l'a serrée dans ses bras. Il a brossé la neige sur ses épaules.

— Qu'est-ce que tu faisais, petite malheureuse ? Où étais-tu, ma fille ?

Elle tremblait. Elle avait froid. Elle a dit qu'elle avait accompagné le petit Léonard qui pleurait de marcher tout seul jusque chez lui sur le chemin de Hautefaye.

— Tu as entendu les loups ?

— Oui.

— Tu as eu peur ?

— J'avais mon bâton.

— Tu avais ton bâton ?

Elle n'avait pas eu peur. Elle était glacée.

Ils l'ont assise devant le grand feu sur le fauteuil-salière dans la cheminée. Elle a eu mal quand le sang a recommencé à circuler dans ses pieds et ses mains glacés, mais elle riait. Dehors, la bourrasque soufflait. Elle était surprise qu'ils se soient inquiétés comme ça.

Elle se rendait compte qu'ils l'aimaient.

— Mais alors, si j'étais restée chez ma marraine !

— On aurait dit que les loups t'avaient mangée !

— Mais je pouvais me défendre, avec mon bâton !

A sept ans ! Elle était guère plus grosse qu'un doigt de son père !

Ah ! Toinou ! Cette Toinou !...

2

J'ai appris le fleuve Charente avec le père de Marie-Claire.

Cet homme discret vivait son métier de viticulteur en poète. Il avait planté des arbres dans ses vignes. Les cerisiers, les pruniers, les pommiers, les pêchers, les abricotiers, les noyers fleurissaient au printemps. La table de Boisrond était couverte de fruits la moitié de l'année.

Nous partions dans l'allée avec des paniers pendant les vacances, montions aux échelles, revenions paniers garnis. Les vignes souffraient de la présence de ces fruitiers. Le frère de Marie-Claire les a coupés, depuis. Ils nuisaient au passage des machines. Mais la maison embaumait le parfum des tartes et des clafoutis en train de cuire.

Son père connaissait les creux et les replis du lit de la Charente. Il était écolier encore quand son instituteur passait le prendre au lever du jour et tendait avec lui des lignes à carpes avant la classe.

Nous avons embarqué ensemble pour poser des engins dans les passes entre les herbes. Je maintenais la barque avec la perche pendant qu'il installait la varvolette entre les nénuphars. En été, on voit bien le fond du fleuve, et les couloirs de circulation des poissons sont comme des avenues. Nous en avons rapporté des sacs frétillants de barbeaux, de tanches, de carpes, d'anguilles et d'écrevisses que nous avons versés dans l'œil de la fontaine, au fond du pré de Boisrond.

J'ai chargé avec lui, ce matin-là, les gaules à l'arrière de la 2 CV fourgonnette.

Matin de vacances. Le feu des cigales brasillait déjà. La 2 CV a cahoté sur le chemin du bord du fleuve.

J'avais pris rendez-vous avec mémé Toinou pour le début de l'après-midi. Du coup à carpes du père de Marie-Claire, nous étions face aux toits rouges de sa maison. Le Renclos des Besse est sur la commune de Saint-Simon, sur l'autre rive de la Charente, derrière les saules.

Au pied des trois beaux peupliers carolins, il y a une fosse profonde. Là où le père de Marie-Claire venait déjà pêcher avec son instituteur.

Nous avons sorti les pliants. Il utilisait la canne en fibre de verre avec moulinet automatique que nous lui avions offerte pour son anniversaire. Mais je crois qu'il préférait ses vieilles gaules en bambou et le moulinet sans frein qu'il manipulait à sa main. Il a lancé devant les volées des nénuphars, appâté d'une poignée de gesses et de fèves.

La pêche à la carpe est une école de patience. Nous nous sommes parfois usé en vain les yeux sur nos bouchons toute une journée jusqu'à la nuit noire. Je les ai vus encore danser sous mes paupières, dans notre lit de Boisrond, sur l'ombre de la monumentale armoire charentaise en ronce de noyer, quand je fermais les paupières.

Je suis toujours novice en la matière. Chez Marie-Claire, on est né avec la chasse et la pêche dans le sang. Elle ne chasse ni ne pêche. Mais quand vient la saison des cèpes, plus rien ne la retient au logis. Elle chausse ses bottes de sept lieues et s'en va sous les chênes. De la pointe du bâton, elle dégage devant moi parmi les herbes, sous les feuilles, avec le flair du chien truffier, la miraculeuse tête noire du *Boletus aereus* auprès duquel je suis passé sans rien voir.

Je rêvais de tirer de la fosse de Saint-Simon un monstre-poisson comme il y en avait autrefois. Le père de Marie-Claire a réussi une belle prise sitôt tendu. Une carpe de huit, neuf livres, un peu paresseuse à se défendre, que j'ai cueillie, jaloux, à l'épuisette. Rien de commun, a-t-il dit, avec les vingt livres et plus qu'il chassait à l'arbalète dans sa jeunesse.

Il m'avait montré l'arme sur le mur de son chai. C'était bien une arbalète à faire rêver, comme celle des soldats à leurs mâchicoulis. On bandait le ressort à la manivelle. Une ficelle relie la flèche-harpon à l'arbalète. Tout l'art était de viser juste après avoir surpris le monstre dans les miroitements et les mirages du fleuve.

Nous n'avons pas laissé longtemps la carpe s'asphyxier sur le pré. Le père de Marie-Claire avait tricoté la poche d'un grand vivier avec de la cordelette à filet. La carpe irait rejoindre ses sœurs dans la fontaine quand nous rentrerions à Boisrond pour déjeuner.

On ne mange plus beaucoup de poisson d'eau douce, à présent. On n'en a plus le goût. Sa chair semble fade, au goût marqué de vase. Les brochets se font plus rares. La carpe a des arêtes. A douze ans, le père de Marie-Claire a cuisiné lui-même la carpe de son repas de communion. Il l'a pêchée, bien sûr, écaillée, vidée, bourrée de farce, surveillée dans le four. On mange toujours bien dans les pays de vignes. Il nous a servi chaque été encore son exceptionnelle matelote d'anguilles.

Il les avait laissées jeûner dans la caisse de la fontaine d'où il les retirait pour nous. Elles se tortillaient et lui glissaient entre les doigts mais il les maintenait sur la planche avec de la cendre et du papier journal. Il leur coupait la tête, garnissait le grand faitout rouge, oignon, ail, farine, vin blanc, cognac. La matelote bouillottait à petit feu jusqu'à l'heure du déjeuner.

Chaque été, il nous a reçus dans sa « garçonnière », le vieux relais des Templiers au fond du pré, qu'ils appelaient « la petite maison ». Il y invitait ses amis d'Angeac à d'interminables parties de bridge. Il y entassait son matériel de pêche, qu'il fabriquait lui-même. Ses nasses de grillage, les filets de ses varvolettes et vergeats qu'il tricotait en fixant la corde sur le dossier d'une chaise, étaient accrochées aux murs. L'arc d'un porche, la voûte d'une chapelle, la frise d'un beau piédestal rappelaient le temps ancien de l'hôtellerie de l'Ordre du Temple dans la vallée du fleuve.

Il a rempli nos assiettes à calottes. Nous avons pompé le jus parfumé rempli d'yeux de graisse d'anguille à la bouchée de pain et fini la sauce à la cuiller.

La cuisine se fait au cognac en Charente. Marie-Claire m'a pris aussi par la langue. Elle a apporté sur la table la sauce brune d'un coq au vin et au cognac, à ma première visite et mon premier repas à Boisrond. Ils avaient sacrifié le vieux gaillard du poulailler, dont les coups de bec assassins et les ergots tranchants s'attaquaient aux jambes. J'avais vingt-deux ans. Elle m'avait invité à passer « comme ça ». C'était peu de temps après la rentrée scolaire. J'avais été nommé en Charente pour mon premier poste. Elle enseignait dans le même établissement que moi. Nous étions collègues et du même âge.

Je suis passé « comme ça », un peu fiérot, sûr de moi et de mes diplômes tout neufs. L'hameçon de cette première rencontre avec la Charente gourmande s'est enfoncé dans mon palais. Il y est encore.

Nous n'avons pas pris d'autres carpes pendant la matinée. La chaleur était trop vive. Les carpes mordent à la fraîche. J'ai laissé ma voiture sous l'arbre dans la cour du Renclos, presque au début de l'après-midi.

La métairie des Besse forme un grand U au bord de la route de Bassac à Saint-Simon, presque aussitôt le dos-d'âne du pont romain de Juac. On ne peut pas se croiser sur le vieux pont de pierre. On ne voit pas ceux qui montent en face. Alors, on klaxonne pour avertir qu'on s'engage.

Le Renclos est presque aussitôt après, à droite. On entre par le côté de la cour, fermée en haut par la maison, modeste, une porte et une fenêtre en bas, deux fenêtres à l'étage. Le grand hangar, qu'ils appellent aussi « le ballet » ou « le magasin », se dresse à droite de la cour sur ses quatre énormes piliers de pierre. Ils y mettent le tracteur, les remorques et les machines, la vendangeuse.

Curieusement, le porche en face de la maison et sa fantaisie de chapiteaux doriques au fond du U ne donnent pas sur la route et on ne vient pas chez eux par là. C'est qu'il ouvre sur le parc derrière et la grande maison carrée des « patrons », les Mitterrand. On dit aujourd'hui « la propriété des Mitterrand » à Saint-Simon, depuis que Jacqueline Richard a épousé Philippe Mitterrand, de Jarnac, un frère de François. Mais les vieux Besse, eux, continuent de parler de « la propriété des Richard-Delisle », les parents de « Madame Jacqueline ». Ils sont bien les seuls.

Les écuries et le chai se tiennent de chaque côté du porche, au-dessus duquel est aménagée une chambre. Et sur la branche nord du U, longeant la route, il y a la grange et les étables.

Toinou est sortie sur le seuil.

— Nous arrivions au café. Vous allez le prendre avec nous.

L'air était chaud et blanc. Des abeilles bourdonnaient dans la ramure de l'arbre. Quelque chose a craqué sous mon pied.

— C'est une amande. Ne vous en faites pas, celles qui sont par terre sont mauvaises.

J'ai hésité à prendre tout de suite mon magnétophone.

Elle m'a paru plus petite et plus frêle que dans mon souvenir. Elle portait une blouse en coton à petits motifs carrés noirs et ronds blancs comme des lunes.

Je l'ai suivie. Nous sommes entrés. Ils avaient fini de manger, sauf Robert, le petit-fils de Toinou, revenu tard de fauciller à la fraîche dans les vignes.

Elle a frotté la toile cirée avec le torchon devant moi. Le grand fauteuil paillé était tourné vers la fenêtre en face de la porte. Les volets étaient ouverts. Le soleil atteignait à peine les carreaux. Les eaux de la Charente éclaboussaient d'éclats blonds les arches du pont de Juac en face. Un bateau était amarré à quai, mais à cette heure le quai était désert.

La mère de Robert, Marguerite, brassait la vaisselle dans l'évier.

J'ai dit que la vue sur les arcades et le fleuve était superbe. René, le fils de Toinou, le mari de Marguerite, m'a répondu qu'il passait désormais beaucoup de temps derrière cette fenêtre « à regarder perler les carreaux ».

Il a versé le cognac dans son café et poussé la bouteille vers moi.

— Je suis venu trop tôt. Je peux revenir tout à l'heure, après la sieste.

Toinou m'a montré son fils, qui m'a semblé aussi vieux qu'elle, et sa bru les mains dans l'eau.

— Eux vont la faire.

Elle a rangé la pile d'assiettes dans le buffet.

— Moi, j'ai assez de la nuit à attendre le sommeil. Je ne sais pas quand je dors. Tout ça remonte quand je m'arrête, me brouille la cervelle et m'empêche de dormir.

« Tout ça », sa vie, le passé, les histoires que je suis venu lui demander de me raconter. Ses yeux vert d'eau ont brillé.

— J'aurai bien assez de temps pour dormir quand on m'emmènera là où je ne tarderai pas à aller !

Elle a éteint le gaz et pris la casserole. Elle a appuyé la main sur l'épaule de Robert en versant le café dans son verre.

— Ce drôle ferait la sieste (elle a dit « *queu* drôle »), s'il en avait le temps, j'en suis sûre !

J'ai entendu son petit rire. Sa main est restée un peu sur l'épaule de paysan robuste après avoir rempli le verre. Robert a tourné la tête vers sa grand-mère et souri. Debout, elle était à peine plus grande que lui assis.

La lumière qui ruisselait sur le parquet était de la craie.

— Vous allez avoir chaud.

— Oui.

Toinou a montré la fenêtre.

— Je ferme les contrevents ?

— Je les fermerai, a dit Robert.

— On y va ?

J'ai cru sentir qu'elle était contente. Elle avait enfoncé les mains dans ses poches. Je l'ai suivie dans la fournaise. Les murs des bâtiments du Renclos sont percés de trous de pigeonniers à la hauteur des linteaux des portes et des portails, tout autour du U. J'en ai compté vingt-six.

— Ils sont tous occupés ?

— Eh, bien sûr !

A cette heure, ils semblaient vides. Les pigeons dormaient ou ils s'étaient réfugiés dans la fraîcheur des bords de Charente. Un couple de bisets somnolait, seul, sur la pierre-tablette d'entrée de son pigeonnier, les deux oiseaux flanc contre flanc, à l'ombre étroite de l'avant-toit côté nord.

Je ne savais pas où elle me conduisait. Nous ne sommes pas allés loin. Elle m'a précédé dans l'appentis, contre le pignon de la maison.

— J'aime venir dans ce petit hangar, quand ils dorment.

Une pelote de laine bleue et des aiguilles plantées dans le chantier d'un tricot attendaient au fond d'une corbeille sur la table poussiéreuse. Des oignons séchaient dans des caisses contre le mur.

— Je respire mieux, là, en cette saison.

Ses doigts ont froissé les pelures d'oignons.

— Ceux-là ne sont pas très beaux. Les autres, à ramasser, devraient être plus réussis.

Des planches fermaient sur deux côtés le petit bâtiment couvert de tuiles. De sa table on voyait les voitures passer sur la route. Elle a poussé vers moi la meilleure chaise au bois ciré, qu'elle avait dû apporter de la cuisine.

Elle s'est tassée contre le dossier de la sienne, un peu plus basse. Elle a fermé les yeux une seconde, deux secondes, soupiré. Les plis de ses rides se sont resserrés. Elle a eu l'air lasse, soudain. Je l'ai trouvée fatiguée. Elle m'avait précédé, énergique, bavarde, sur les graviers jaunes de la cour.

Mon cœur s'est serré. J'entendais son souffle court. Je me suis demandé si j'avais bien le droit.

Elle a rouvert les paupières, a bougé, s'est raclé la gorge, redressée comme pour s'ébrouer. Elle m'a souri, a croisé les bras, la main sous le menton, une main de vieille travailleuse, aux jointures gonflées par l'arthrose.

— Je vous ennuie, avec mon magnétophone.

Elle a enfoncé plus profond l'épingle de ses cheveux blancs qui moussaient sur le côté. Son sourire bienveillant a éclairé ses rides.

— Ne vous inquiétez pas. Ça va aller.

Je lui ai redit ce qu'elle savait déjà, que j'étais venu pour l'écouter, l'histoire de sa vie m'intéressait, je ne savais pas ce que j'en ferais, peut-être rien, ce serait de toute façon un document précieux pour sa famille. Elle a hoché la tête, s'est raclé encore la gorge.

Elle était prête.

3

De ma poche, j'avais sorti la fiche cartonnée de mes questions. J'en avais beaucoup. Je les préparais depuis plusieurs jours. J'avais demandé au père et à la mère de Marie-Claire de m'accompagner sur la piste de Toinou, qu'ils connaissaient et estimaient. A la pêche le matin, face aux toits du Renclos sur l'autre rive, j'avais lancé encore quelques réflexions comme de nouveaux hameçons.

J'ai attendu un peu, le doigt sur le bouton « pause » du magnéto, que le klaxon appuyé, là-bas, sans doute sur le pont, et puis tout proche, cesse.

— C'est Nardou, le boulanger de Châteauneuf, a dit Toinou.

Et nous avons commencé :

— Où êtes-vous née, Toinou ?

— Au Grand-Gillou, commune de Javerlhac.

— En quelle année ?

— 1889. J'ai quatre-vingt-douze ans, du mois de mai.

— Vous aviez des frères et sœurs ?

— On était quatre. C'était moi la plus vieille. Alors, j'avais mon frère qui avait trois ans de moins, l'autre sept ans, et une sœur, encore plus jeune mais qui est morte à trois ans.

Elle compte sur ses doigts. En fait, ils ont été cinq. Elle s'aperçoit qu'elle a oublié son frère cadet, François, décédé à quatre mois, dont elle n'a gardé aucun souvenir. Elle était trop petite.

— Que faisaient vos parents ?

— Ils cultivaient une petite propriété. Mon père n'avait qu'une sœur.

Elle m'explique qu'il a bien voulu acheter la part d'héritage de sa sœur. C'était une erreur. La propriété devait valoir six mille francs. Mais, sans argent, il n'arrivait même pas à payer les cent francs d'intérêts qu'il devait au bout de l'année.

— Avec quatre drôles encore jeunes, personne d'autre que moi, l'aînée, pour travailler !

C'est comme ça que Toinou leur a dit : « Vendez tout, et puis, l'argent que vous aurez de reste, vous le placerez, et *nous-aurons-la-paix* ! »

Elle dit « chez nous » pour parler des siens. Elle accentue les paroles qui comptent, qui viennent comme du fond d'elle-même et blessent peut-être encore. Elle martèle ces mots, ses poings se serrent. Un petit rire enroué grince au fond de sa gorge.

— Il fallait se priver *de tout* pour gagner cent francs et les donner au bout de l'année...

La « propriété » se résumait en une petite maison avec une grange attenante et une écurie. Avec des terres autour ? Peut-être six ou sept journaux. Un journal est la superficie qu'un homme pouvait labourer en un jour. Ils achetaient des bœufs qu'ils faisaient profiter pour les revendre.

Le souvenir la fait sourire.

— On faisait pas comme aujourd'hui... On achetait des petits bœufs, et puis on les gardait si vous voulez six mois, un an, on leur donnait du... on leur faisait échauder... du regain pour les faire... pour qu'ils mangent chaud, pour les engraisser plus vite. Et on élevait une truie mère... pour avoir des petits cochons à vendre...

— Vous mettiez le... regain dans l'eau chaude ?

— On avait des baquets, on mettait ça, et on vidait de l'eau chaude dessus, et puis du son, et puis on levait qué les baquets et on les donnait.

Elle ne semble plus lasse, désormais. Parler du travail l'a revigorée. Sa voix est claire. Ses mains s'agitent et tirent sur les plis de sa blouse. Elle a retrouvé cet allant qui séduit et impressionne ceux qui l'approchent.

Elle parle une sorte de français régional chargé d'expressions et de tournures patoisantes saintongeaises. Les *ce, cette, ces* deviennent *queu, quelle, qué les*. Ainsi, *ces enfants* deviennent *qué les drôles. Ol* remplace *c'* ou *ça, ol était, c'était...* Elle prend ses aises avec la syntaxe, s'arrange des auxiliaires *être* et *avoir,* féminise les noms masculins commençant par une voyelle, *une* autel, *une* accordéon... Dans les négations, les *ne* s'entendent parfois, parfois pas. Elle garde l'intonation un peu rocailleuse et chantante de sa Dordogne natale et cette accentuation vive sur certains mots que j'ai déjà remarquée.

J'aime son accent aux marques rudes de ses origines. Il dit déjà son Périgord noir. En Charente on a le parler plus traînant, aux frontières des langues d'oc et d'oïl. J'aime l'authenticité de cette voix, son franc-parler, son « honnêteté ». Elle parle vrai, en confiance. Rien ne sera tordu, biaisé.

Elle a les pommettes marquées, le nez fort, la bouche large. Un petit bouton noir lui a poussé sur la paupière droite.

— Vous alliez à l'école à Javerlhac ?

— A Javerlhac, oui, mais j'ai pas, j'ai pas été longtemps vous savez. J'étais la plus vieille. Si fallait aider à mon père dès huit ans, fallait que j'y alle, puisqu'y avait personne d'autre. Alors j'ai passé ma jeunesse comme ça. A douze ans, j'ai fait ma première communion et confirmée, à douze ans les deux. Le curé trouvait que j'étais trop jeune pour la confirmation, mais enfin ma mère a dit qu'elle avait besoin de moi, alors j'ai pas été à l'école après.

Sa main lisse sa blouse sur sa jambe. Elle regarde la route comme si elle voyait quelque chose. Mais la route est vide.

— Fallait aller aux champs, fallait... aller chercher pour les animaux. Ma mère avec tous ses drôles, que vouliez-vous qu'elle fasse ? Et puis quand elle en avait un, elle en nourrissait une autre.

Sa mère vendait la moitié de son lait. Elle faisait la nourrice. Que vouliez-vous qu'elle fasse ? Je l'interroge sur les bois et les loups qui rôdaient autour du Grand-Gillou. Les bois étaient plus loin. Le Grand-Gillou était dans la vallée. Les futaies de châtaigniers dégringolaient des sommets des collines. Mais une soirée son père, il avait un tablier de cuir, vous savez pour travailler dans la grange et l'étable... eh bien un loup s'est fichu dans lui au milieu du village ! Elle ne l'a pas vu. Elle était à la maison avec sa mère. Elle devait avoir quatre ou cinq ans. Mais ce loup l'a réveillée souvent la nuit, après. Quand les chiens aboyaient, elle se dressait dans son lit.

« Maman ! Maman ! Le loup !

— Non, Toinou ! Il n'y a pas de loup dans la maison. Dors, ma fille ! Dors ! »

Elle savait pourtant ses parents inquiets, un bâton ou une fourche toujours à portée, de crainte des loups qui rôdaient autour du Grand-Gillou.

Mais elle en a vu deux, un soir, dans un bois qu'ils avaient au bord d'une chaume. Eh ben, ils en mangeaient un, en s'en allant comme ça, un agneau. Elle était un peu plus grande.

Est-ce qu'elle a eu peur ?

Pour aller chez sa grand-mère, « c'était que des bois », peut-être – elle ne sait pas trop –, sur cinq ou six kilomètres. Y avait pas une maison... y avait qu'une loge en bois avec un muret de pierres, un vieux habitait là, un vieux qui avait le gros cou. Eh ben elle n'avait pas peur des loups, elle avait peur du vieux !

Elle rit.

Une soirée, sa mère lui a dit : « Tu vas amener quelle chèvre au bouc chez la grand-mère. » Alors elle a obéi. Elle a pris la chèvre. Elle avait l'habitude d'aller comme ça. « Tu t'en iras pas à c't' heure, ce soir », lui a dit plus tard sa grand-mère. Alors elle est restée. Et sa mère au Grand-Gillou a dit à son père : « Va-t'en attendre quelle drôlesse là-bas. » Il est allé jusqu'à la carrière à l'orée des bois. Il a appelé : « Antoinette ! Antoinette ! »

— *C'est les loups qui lui ont répondu !*

Toinou me regarde. Ses rides sourient. Ses prunelles vertes me percent.

Est-ce qu'elle ne se moque pas un peu de moi ? Est-ce qu'elle n'a pas fait exprès de me raconter une autre version de l'histoire de Toinou et les loups ? Laquelle est la vraie ? Est-ce qu'elle ne prend pas un malin plaisir à enchevêtrer les fils de la mémoire ? Je l'en crois capable. Son iris un peu blanchi par la cataracte me fixe avec espièglerie.

Mais c'est peut-être André, moi, nous, qui nous sommes inventé les belles histoires de la fabuleuse Toinou. La mémoire a besoin de légendes. Peut-être que l'authentique histoire des loups est simplement celle qu'elle vient de me raconter.

Elle croise les bras, enfonce son épingle à cheveux, s'appuie sur les pointes de ses pieds et se hausse un peu plus sur sa chaise. Une petite vieille femme d'à peine un mètre cinquante dans une blouse à carrés noirs et lunes blanches.

4

Elle tourne autour de sa famille, évoque la sœur de sa mère, qui a eu dix enfants et gagnait aussi sa vie au Grand-Gillou comme nourrice. Cette femme a été la première à partir en Charente. Et, après son départ, ils se sont retrouvés avec ses quelques morceaux de terre sur les bras. Ils ont embauché quelqu'un, qu'ils payaient vingt sous par jour, et nourri. Mais enfin, au bout de la semaine, ça faisait cinq francs.

Ça a duré, comme ça, de 1903 à 1905. Alors, elle n'avait pas seize ans. Elle en avait quinze. Alors...

Elle hésite, se racle la gorge, ses doigts s'agitent.

— ... Y a mon mari...

Elle décroise les bras.

— Je voyais toujours queu gars rôder autour de la maison. J'avais *pas envie* de me marier, moi !

Elle s'incline un peu vers moi.

— « Y en a trois qui sont venus te demander, lequel veux-tu ? » m'a dit ma mère. J'avais autant envie de me marier qu'aujourd'hui !

Son petit rire grince.

— Vous savez, une gosse, c'était *s'amuser d'une gosse* ! J'ai répondu : « C'est pour rester travailler avec mon père, eh ben, il n'a qu'à choisir. » Alors, il a dit que c'était celui-là qu'il aimait le mieux. J'ai répondu : « Prenons celui-là », puisque... j'en aimais pas un. J'aimais *personne* à quinze ans, qu'est-ce que vous voulez !

Alors elle s'est mariée à *queu* gars. Ils sont restés au Grand-Gillou, oh, pas bien longtemps. Ils se sont mariés au mois de février 1905. Elle a eu René au mois de juillet 1906. Il avait un an quand elle a *réussi* à les faire partir de là-bas. Jamais elle ne s'y était plu. Dès douze ans, elle voulait s'en aller !

— Je me plaisais pas, là-bas, je voulais pas...

— Le travail était trop pénible ?

Elle secoue la tête, sa main effleure la pelote de laine dans la corbeille.

— Ça *me* plaisait pas. Vous savez, j'avais pas... l'intelligence de dire si... on vivait mieux ailleurs, j'en sais rien. *Je voulais m'en aller.* Alors ils ont vendu quelle, leur propriété, et nous sommes venus, pas loin d'ici, de l'autre côté du pont de Juac, chez Guyot.

— Vous ne vouliez plus être paysanne ?

— *Non*, mais non.

Je soupçonne qu'il y a quelque chose d'autre.

— C'est le Grand-Gillou qui ne vous plaisait pas ?

— Je sais pas... Ça me *plaisait* pas, là-bas. Nous sommes venus là, tous. Nous avons resté deux ans chez Guyot.

Les parents de Toinou étaient avec eux, les grands-parents aussi. Mais son mari, avec sa mère, ne s'entendait pas tous les jours ! Pour des riens, ils se fâchaient. Avec le père, ça allait. C'était sa mère qui voulait gouverner. Alors ça agaçait Toinou. Son mari lui disait : « Tu soutiens ta mère. » Sa mère disait : « Tu soutiens ton mari. » Alors elle a dit : « *J'veux pus* qu'on alle ensemble, y a *rien* à faire. »

Elle a appris qu'une ferme se libérait à Malaville, à quinze kilomètres, du côté de Barbezieux. Elle a dit à son mari : « On y va voir. » Ils sont allés à Malaville, trente kilomètres aller et retour, à pied. Ils ont vu la maison en bonne pierre de Saint-Même, à la Font-du-Breuil. Il y avait des vignes à planter sur le plateau. Ils ont décidé : « On vient là. » Courageux petit couple.

L'estafette blanche du boulanger Nardou entre dans la cour du Renclos dans un nuage de poussière grise. Il freine brusquement, insiste du klaxon en ouvrant sa portière.

Toinou se penche, esquisse le geste de descendre de sa chaise. L'éclat de la poussière l'éblouit.

Marguerite, sa bru, sort, bras croisés sur sa poitrine plate, maigre, blanche, longue. Toinou met sa main en visière.

— Va-t-elle y penser ? murmure-t-elle.

Elle écoute, sur le point d'intervenir.

Ils parlent du pain au lait. Les fameux pains au lait de Nardou que la mère de Marie-Claire achète aussi. Rassurée, elle laisse aller ses épaules contre le dossier de sa chaise, croise ses jambes blanches sans bas, les pieds nus dans les savates de feutre.

Marguerite paie. Elle a le pain sous le bras, la poche des pains au lait dans la main.

Le boulanger claque la porte du fourgon, démarre, salue. Marguerite le regarde partir au milieu de la cour, regarde vers nous, marche vers la maison.

Toinou malmène la toile de sa blouse sur sa jambe entre ses doigts.

— Alors, nous avons été à la Font-du-Breuil de Malaville.

Ils y sont restés jusqu'à la guerre, *cinq ans*. Son mari était un homme *très sérieux*, et qui faisait *très bien* son travail. Y avait *rien* à lui reprocher, et puis le patron avait confiance en lui, que ce soit n'importe pour quoi. Et puis la guerre est venue. Il n'a pas voulu qu'elle reste *toute seule*. Elle pouffe.

— Il avait peur de me perdre !

Elle *a retourné* avec ses parents. Mais ses parents avaient déménagé, aussi. Ils étaient venus chez monsieur Delisle, là, à Haute-Moure, de l'autre côté de Saint-Simon, là, la seconde maison après la descente... Eh ben, ils y sont restés ensemble après la mort des grands-parents, de 1914 à 1931, *dix-sept ans*.

Haute-Moure, je connais.

Le lieu-dit est à l'entrée du bourg de Saint-Simon en arrivant de Vibrac. Les grosses maisons de maîtres s'alignent sur la colline, quatre ou cinq logis aux murs hauts et épais comme des châteaux, les huisseries tournées vers la vallée, les contrevents et les murs gris. Les pièces de vignes s'étalent loin derrière sur le plateau. Les jardins en terrasse dégringolent par des escaliers vers la Charente entre les murs des propriétés, les grilles, les tours carrées des puits aux toits pointus, les pigeonniers. Les petites maisons des fermiers s'accrotillent en bas, en désordre, près du lavoir de pierre.

C'est là que Toinou a habité *avec chez nous*, avec ses parents.

Nous nous sommes arrêtés à Haute-Moure, Marie-Claire et moi, quand nous faisions la tournée des cimetières.

Les cimetières charentais valent le détour. Marie-Claire m'a conduit à celui d'Angeac sur les traces de sa famille. Le cimetière est au milieu des vignes de son père. Il y a cette « croix hosannière » au centre de l'enclos en mémoire de son grand-oncle curé de la paroisse. Et puis c'est moi, ensuite, qui ai voulu pèleriner d'un cimetière à l'autre pour prendre possession de son pays.

Les morts ont tellement à nous dire. Ce n'est pas vrai qu'on n'emporte pas son argent avec soi dans le cimetière. Les gros propriétaires les ont remplis de leurs futures chapelles en même temps qu'ils construisaient leurs maisons. C'était au temps béni du Second Empire. Les gabarres montaient le sel et redescendaient la Charente chargées à ras bord de fûts de cognac jusqu'à Rochefort, avant le phylloxéra, avant que l'épidémie fulgurante se répande en trois ans, de 1875 à 1878, avant que le puceron ravage tous les ceps du plus célèbre vignoble de France. Ensuite, il a fallu replanter les porte-greffes américains résistants avec les bras des populations émigrées.

Les cimetières charentais valent le détour. La tendre pierre blanche de Saint-Même-les-Carrières autorise toutes les fantaisies.

Les chapelles mortuaires sont comme des petites églises néoromanes ou néogothiques à colonnes, chapiteaux, vitraux, portails de fer, dressées côte à côte au milieu des mêmes ifs qu'on retrouve dans les allées des maisons. Il y a quelque chose de naïf dans ces églises miniatures, quelque chose de la maison de poupée. Les familles rivalisaient à qui aurait la plus belle. Leurs croix et leurs noms gravés dépassaient par-dessus le mur.

Des granits et des marbres venus d'ailleurs ont connu un certain succès. Mais la pierre du pays semblerait retrouver grâce et regagner un peu du terrain perdu. Les carrières reprennent de l'activité. On nettoie au sable et à l'eau les murs noircis des chapelles, qui rayonnent à nouveau de leur blondeur primitive.

Toinou a élevé René, son « drôle », à Haute-Moure. Enfin ils faisaient la propriété. Elle vaquait à tout. Elle montait le foin, déchargeait les charretées, *tout* ! Et puis en 1930, le vieux parrain de sa mère, qui était tout seul là-bas, à Lussas en Dordogne, a voulu donner sa petite propriété à sa filleule. Alors, ses parents sont repartis là-bas avec son frère. Toinou et son mari sont restés. Ils ont déménagé ici, au Renclos.

Elle m'explique, remonte les fils, les chemins. Elle me parle de madame Emile, la grand-mère de madame Jacqueline Mitterrand, qui n'avait pas beaucoup d'argent quand elle a acheté le Renclos, parce que son beau-père, qui distillait et vendait de l'eau-de-vie, avait tout dépensé. Ils en avaient pourtant, domestiques, femme de chambre, cuisinière, tout. Mais le bonhomme, qui parlait le latin aussi bien que le patois, n'avait rien changé à ses caprices de luxe d'avant le phylloxéra. Il était parti se remarier à la Guadeloupe, était revenu avec sa nouvelle femme, qui avait quatre ou cinq drôles et lui autant.

Ils avaient ramené avec eux quinze ou seize Noirs. Quand ils allaient chez le boucher Massicot, ils commandaient *dix-sept* côtelettes. « Il fallait deux hommes pour monter le bonhomme dans son lit, mais après il se débrouillait bien tout seul ! Ol a duré peut-être trois ou quatre ans, encore *pas* sûr. Après, il a fait bouillir leur manger dans une marmite pour ses gorets ! »

Elle rit.

Elle dit que cette femme, la Créole guadeloupéenne, venait laver après, là, en bas du parc de la maison de Haute-Moure, à son lavoir, et lui disait : « Oui, quand on était riches on avait des amis, mais aujourd'hui, on n'en a plus ! »

Alors quand la grand-mère de madame Mitterrand a acheté la propriété du Renclos, elle l'a prise vide. Y avait plus *rien*, tout avait été vendu à l'encan. Et c'est là que Toinou s'est dit : Zut ! C'est peut-être le moment, puisqu'il n'y a rien, ils auront peut-être besoin de nous... Près de leur petite maison du bas de Haute-Moure, où ils étaient restés après le départ des parents, les voisins se battaient. Ils les entendaient tous les soirs crier *à l'assassin* ! Le mari de Toinou devait aller y mettre la paix. Alors, elle lui a dit : « Té, François, si on allait là-bas, peut-être nous serions tranquilles. » Il a dit : « D'accord ! On va y aller. »

Leur patron de Haute-Moure n'était pas content, parce qu'il disait qu'il n'avait jamais eu des métayers comme ça, parce que son mari était *très soigneux*, il avait été habitué à faire le travail *comme il faut*, jamais il était *sale*, jamais : au contraire, il était *coquet* comme tout ! Alors en colère, il a dit à François : « Vous verrez, Besse, quand vous serez au Renclos, vous verrez si vous irez sous qué les tilleuls, et si vous jouerez aux cartes ! »

Et voilà qu'ils sont là depuis cinquante ans !

— Vous êtes venus en 31 ?

— Non, en 30. Mon mari est mort en 35.

— De quoi ?

— Des gaz, qui lui ont brûlé les poumons.

— Le gaz moutarde ?

— Oui, à la guerre, la guerre de 14.

Ils étaient mariés depuis neuf ans en 14. Il est parti le onzième jour, ou peut-être le septième, elle ne sait plus. René avait huit ans. Leur fille, Madeleine, trois.

Le jeune frère de son mari est parti le premier jour de la guerre en disant : « Je serai à Berlin avant toi ! » Il est mort en 1918, peut-être *huit jours* avant la fin de la guerre.

— « Oh, que disait mon petit beau-frère à mon mari, quand tu viendras, ça sera fini... — Oh, que lui répondait mon mari, vous êtes trop jeunes pour gagner la guerre, c'est nous qui la gagnerons. »

Elle se tait, s'enroue, ramène sa main sous son menton.

Elle soupire, me regarde, mais ne me voit pas. Visage clos, lèvres pincées de Mater dolorosa.

Ma grand-mère avait ce visage quand l'ivrogne a broyé Claudine, ma jeune sœur, sur la route avec sa voiture. On avait fêté ses dix-huit ans trois jours plus tôt. J'étais à la maison quand le pompier a frappé à la porte de la cuisine, ce soir-là.

Nous l'avons suivi jusqu'au carrefour. Les gyrophares des véhicules de secours tournaient dans la bruine. Claudine était sous une bâche sur la route. J'avais été témoin, beaucoup plus jeune, d'un autre accident mortel à ce carrefour dangereux, à cent mètres de chez nous. Je revenais de l'école. Je devais avoir sept ans. Un homme à moto avait dérapé et s'était écrasé contre le mur de la maison voisine. J'avais aperçu le rassemblement sur le trottoir. Je m'étais approché avec mon cartable. Je me souviens de l'homme brisé, le casque de travers, et du sang. C'était ma première approche de la mort violente. Je me suis rappelé l'homme disloqué devant la bâche de Claudine et la flaque rouge diluée de pluie dans les reflets des gyrophares sur le bitume. Les bras de ma mère et de ma grand-mère s'arrimaient aux miens de chaque côté. Nous étions muets, tandis que les voitures au ralenti nous frôlaient, déviées par les gendarmes. Nos haleines lançaient d'étranges signaux de fumée. C'était en janvier.

Ma grand-mère a soudain hurlé sous la pluie : « Ce n'était pas à ton tour de partir, Claudine ! C'était à moi ! »

Une onde glisse sur les plis du front et des joues de Toinou. La mémoire de la douleur agite sa figure creusée de sillons. Sa main se serre. Celle qui porte l'alliance.

Et elle toussote, passe sa main sur ses paupières, son front, comme pour en retirer un voile, enfonce son épingle à cheveux.

Elle murmure, lentement d'abord :

— On attendait qu'ils reviennent...

Elle toussote.

— Quand un venait… y avait mon frère, y avait les voisins qui venaient, tout ça, ça *pleurait*, ça *faisait des vies* pour s'en retourner, oh là là là ! Eh ben vous savez, ç'allait pas bien, non. Je disais : « Si jamais vient une autre guerre, je *tue mon fils* avant qu'il parte ! »

— C'est terrible, ce que vous dites-là.

— Mais vous savez, c'était *terrible* !

Son mari, François, a été évacué deux ou trois fois pour les gaz et il a été blessé à la jambe par un éclat d'obus. Il était soigné à Clermont-Ferrand. Mais il n'a pas voulu qu'elle y aille. Il a dit : « Elle se perdrait pour revenir là. »

Elle rit, amère. Mais elle n'est pas sûre que c'est pour ça. Il ne voulait pas qu'elle le voie parmi toutes les gueules cassées à l'hôpital.

Il s'était battu partout, à Verdun, en Champagne ! Fallait lui écrire *tous les jours*.

— Et moi, fallait voir comme j'écrivais ! Des fois, je disais : « Je voudrais te dire quelque chose, mais je sais pas comment le mettre ! »

Elle grimace, hausse les épaules.

— Lui aussi vous écrivait tous les jours ?

— Oh oui, oh oui. J'avais deux pleins sacs, peut-être plus de deux pleins sacs de lettres. Eh ben, je vous les ferai voir, j'ai ses photographies.

— Et ses lettres ?

— Je les ai brûlées. Il écrivait mieux que moi. Il m'a dit de les brûler.

Sa main s'agite, ses doigts. Elle m'interroge des yeux, glisse la main dans sa poche de blouse, hésite à la retirer. Et puis se décide, la ressort. Elle tient un rectangle de papier bleu, qu'elle déplie et me tend.

— J'en ai gardé une, rien qu'une.

Le papier est déchiré à la pliure. L'écriture au crayon de bois encore parfaitement lisible.

le 31 janvier 1915,

Ma très chère petite Toinou,

J'ai reçu aujourd'hui tes lettres du dimanche 7 et du lundi 8 et elles m'ont tellement fait plaisir. Je suis en ce moment au repos à l'arrière et tu peux être tranquille. On fait un drôle de métier, tu sais. Le plus dur a été le 27. C'était la fête à Guillaume et nos chefs ont voulu lui souhaiter. La danse a commencé à cinq heures et demie. Il avait neigé toute la nuit. J'avais les gants et les chaussettes de laine que tu m'as tricotés. Je ne sais pas pourquoi, j'étais sûr qu'il ne m'arriverait rien. Une marmite a éclaté à trois ou quatre mètres de moi et elle ne m'a rien fait. Ma petite femme me protégeait et tous ceux qui, en Charente, pensent à moi.

Méfie-toi des boutons de rubéole. Empêche Madeleine de se gratter, sinon elle en gardera les marques. J'ai rencontré Robert Lavigne, des Aireaux, qui montait en première ligne. Il allait aussi bien que possible. On a échangé du tabac. Salue ses parents pour moi. Mon chef m'apprend mon détachement comme soldat muletier. Tant mieux. Il me semble que je serai mieux. Les bêtes font aussi la guerre.

Adieu. Tu me manques. Vous me manquez. Adieu, mon petit nid. Embrasse pour moi nos petits chéris.

François Besse

Je rends sa lettre à Toinou. Nous essayons l'un et l'autre de lire dans nos pensées, le cœur à vif, sans retenir l'émotion. Je la remercie, la regarde replier le papier bleu, gris par endroits, avec soin, et le glisser dans sa poche.

— Quel dommage que vous n'en ayez pas gardé davantage !

Elle soupire. Ses yeux absorbent la lumière crue du dehors, comme si elle avait quelque chose en elle qui avait besoin d'être cautérisé.

— Il a resté deux mois sur le lit en 1935... Il est resté le 15 avril, il est mort le 15 juin, deux mois. Il est mort de faim. Il pouvait rien avaler.

— Pendant deux mois ?

— Oui... Il a craché tous ses poumons. Il les crachait petit à petit depuis la guerre. J'avais acheté ça, té (elle se penche et me montre un petit récipient émaillé qui ressemble à un crachoir à côté des caisses d'oignons), pour le faire cracher. *Jamais* il n'a fait une saleté, *jamais* il n'a craché à côté ! Et il voulait voir personne à côté de lui, *que moi*. Si René venait : « Va faire ton travail ! » Et sa fille pareil. Il voulait... Madeleine me cousait une combinaison noire. Ah, il voulait pas qu'elle travaille dans queu noir ! Ça lui plaisait pas.

— Il a résisté jusqu'en 1935. Il était solide, tout de même.

— Oh, pauvre ami, ol est pas un bonhomme qui lui aurait pesé beaucoup, mais il était pas méchant du tout. Oh il était pas méchant ! Oh oui...

— Et votre père ?

— Mon père était travailleur, mais il était *pas fort*, il pesait peut-être cent livres. C'était un *tout* petit homme. Il faisait bien tout ce qu'il pouvait, mais qu'est-ce que vous voulez, à côté de mon mari, lui qui portait trois cents kilos comme de porter *rien*...

— Les gaz l'ont emporté.

— Il disait qu'il voulait pas aller dans qué les érondes. Ah je dis : « Tu n'iras point dans les érondes, je les arracherai ben, les érondes, sans doute ! »

Elle se tait, m'interroge des yeux comme pour me prendre à témoin, m'explique :

— Les érondes, les ronces du cimetière... Ah là là là...

5

Elle retire son tricot et sa pelote de laine bleue de la corbeille.

— J'avais prévu de tricoter quelle écharpe pendant que je vous parlerais.

Elle me montre son aiguillée, l'index sous le fil de laine, comme pour tricoter.

— C'est pas un travail bien compliqué. Maille à l'endroit, maille à l'envers...

Elle me donne à toucher le morceau qu'elle a tricoté.

— La laine est de bonne qualité. Elle est douce, n'est-ce pas ? Je la tricote pour la fille d'André. Elle avait peur que la laine la pique.

Elle palpe encore la laine.

— Je sais que j'ai la peau dure. Mais est-ce que cette laine pique ?

Je palpe à mon tour. Elle sourit.

— Queu bleu est de la couleur de ses yeux.

Elle prend l'autre aiguille comme pour commencer son ouvrage. Et puis l'abandonne, et pose dans la corbeille pelote de laine et écharpe. Elle les repousse sur la table, se tourne vers moi.

Elle croise les bras, le poignet sous le menton.

Elle parle du travail :

— Ah, pauvre ami, si on a travaillé !

Des *charretées* de foin à brasser. Il fallait le charger. Il fallait le décharger et le tasser dans les greniers.

— Il était pas en bottes dans queu temps !

Elle se penche et me montre la grange au fond de la cour, que la réverbération de la lumière empêche de bien voir. Après la mort de son mari, René, son fils, s'est marié en 1936 avec Marguerite. Sa fille aussi, Madeleine, le même jour, avec René-François Baylet, veuf et père d'un enfant.

Madeleine est partie. Et Toinou est restée avec René et sa bru, toujours.

Elle a eu Madeleine à vingt-deux ans. Sa fille avait cinq ans de moins que René. Mais elle me dit que sa fille s'est mal mariée :

— Parce que, vous savez, le fils du premier mariage de ce veuf, il a fait des bêtises. Alors ça l'a *détournée*, elle, vous savez. Elle qui avait été élevée si *doucement*. Là je l'avais... elle était brodeuse, elle travaillait de ses mains...

Elle regarde ses doigts, les rapproche machinalement. Elle a retrouvé sa figure de Mater dolorosa, joint les mains comme pour la prière.

— Alors, vous le *crérez* si vous voulez, j'ai passé *dix-huit ans sans dormir.*

A cause du mariage de Madeleine ? Pas seulement du mariage. A cause des drôles aussi chez René. Tous les ans, un nouveau drôle arrivait au Renclos.

Elle pousse son petit cri étouffé, plus proche de la plainte que du rire.

— Quand ma bru en avait un, je prenais l'autre. Quand elle avait l'autre, je prenais l'autre encore ! J'en avais trois dans ma chambre !

Elle rit.

— Un de chaque côté de mon lit, et un là, avec moi.

Et sa fille ? Elle s'est brûlée. Oui... Madeleine avait la colonne vertébrale malade. Elle n'était pas très *libre*. Toinou se disait qu'elle finirait par se noyer, parce qu'un petit ruisseau passait au bas de chez eux, pas loin d'ici à Saint-Simon.

— J'ai été me lever souvent à quelle croisée (elle me montre la fenêtre), je disais : « Oh... oh... on entendra crier un de qué les jours, on entendra crier ! »

Ça n'a pas manqué. Madeleine a monté se coucher. Elle avait une bougie, elle a tombé. Le feu a pris dans son lit. Elle a brûlé, *toute*. Ils l'ont amenée à Angoulême, où elle est morte le lendemain. Elle avait vingt-sept ans.

La mâchoire de Toinou tremble. Ses lèvres remuent en silence.

Après, il y a eu la guerre, la *deuxième guerre*. Ils ont tout eu, au Renclos.

Ils ont eu les Annamites.

— Les « Annamites » ?

— Hé ! Les soldats français de l'armée coloniale ! Ils ont eu deux fois les Allemands. Et puis encore les Français, qui ne valaient pas plus que les autres. Le Renclos était plein. La tante de Paris, la sœur de son père, a fui en 40 et s'est réfugiée là avec sa bru, sa drôlesse, sa belle-mère. Tout ce monde s'entassait dans les deux pièces de la petite maison du Renclos et la chambre au-dessus du porche.

— Les Allemands lâchaient leurs chevaux, mon vieux, fallait qu'on garde tous qué les drôles enfermés à la maison. Une matinée, j'ouvre queu contrevent, rrann… il me met queu fusil ! Je dis : « Ça me fait rien que tu me tues, là, tue-me si tu veux, ça ne me fait rien ! » Il m'a rien dit, m'a rien dit.

Elle se tait, avale. La paume de sa main sur le tissu émet un bruit de râpe.

— J'avais un gros jambon. Je l'avais mis dans queu grenier là-haut pour le faire sécher.

Elle montre à nouveau le fond de la cour à côté du porche.

— Quand ils ont été partis, j'ai dit : « Il faut que j'aille voir queu jambon. » J'ai été voir. Je dis : « Il a pas touché. » Mais en revenant… j'ai dit : « Bon sang, j'avais pas attaché queu jambon avec une nouette (un lacet de cuir) ! Faut que j'y retourne voir. » Y avait la peau, mais y avait plus rien dedans !

Elle rit.

— Mais, vous savez, les Français en auraient fait autant.

Les Français sont venus à la Libération.

— Nous avons eu des soldats noirs de l'armée française et ils se sont révoltés une journée parce qu'ils avaient faim. Il a fallu que René aille chercher des choux-raves chez notre voisin Trénit. Il a dit : « On va tuer un veau pour leur donner. » Les malheureux étaient prêts à tout casser parce qu'ils n'avaient pas à manger. On l'a fait. On a tué le veau.

Elle revient aux Allemands, qui avaient rempli cette cour avec leurs wagons et leurs chevaux. Ils ont sorti tout ce que les Besse avaient dans la grange et le préau-magasin. Il y avait du vin, des affaires... Et ils ont rempli ça de chevaux, partout là-bas, dessous, partout, partout... Alors y avait *queu* pauvre Paviot, le cantonnier – le fils de Toinou était parti à la guerre –, il venait aider à tirer les vaches. Alors, il attachait *quelle* vache dans l'étable ; l'Allemand venait, il détachait *quelle* vache, et puis il mettait son cheval. Paviot revenait, il détachait le cheval, il mettait *quelle* vache...

— Ah, j'ai dit, laissez-les, qu'ol alle comme diable voudra, laissez-les donc, n'allez pas faire quelle comédie pour vous faire tuer !

Elle hoche la tête, ramène le dos de la main sous le menton, manipule nerveusement le bouton du col de sa blouse.

— Enfin, à présent... y a que là que je suis tranquille ! Au contraire, tout ce qu'ils peuvent trouver, ils me l'apportent.

Elle rit. Son rire sonore, joyeux.

— Tout. J'ai qu'à dire : « J'aurais envie de ça ! » Toc, ol est rendu ! Alors faut pas se plaindre...

Elle laisse aller sa nuque contre le dossier de la chaise. Sa poitrine se soulève. Une cigale stridule dans l'amandier. J'ai cru qu'elle allait fermer les yeux.

Même dans le petit hangar la fraîcheur est difficile à imaginer entre les planches chauffées par le soleil. Les oignons emplissent l'air de leur odeur poivrée, un peu écœurante. Une voiture klaxonne sur le pont. Un moteur de tracteur bourdonne dans le contrebas, du côté du fleuve. Le tracteur de Robert ? La cour est tout entière pilée d'élancements de lumière phosphorescente, sauf sous l'arbre où la cigale chante.

Elle se redresse. J'avais remarqué ce linge, un grand torchon de toile bise, déplié sur des récipients pour les protéger des mouches et des guêpes comme sur un Saint-Sacrement.

Elle le soulève. Son rire, encore. Elle découvre le pichet d'eau, deux verres, une bouteille de vin rouge.

— J'ai mouillé ce torchon pour garder la boisson au frais...

Ses ongles pincent la toile.

— Et vous voyez, il est complètement sec !

Elle pousse vers moi les récipients.

— Versez donc, vous le ferez mieux que moi.

Elle toussote.

— Je ne prendrai qu'une goutte de vin rouge. Remplissez d'eau à ras bord. Vous, buvez le vin pur, vous êtes jeune.

Elle tend son pouce et son index déformés. Je lui donne le verre. Elle le vide d'un trait. Je remplis encore.

6

J'ai depuis toujours bu chez les parents de Marie-Claire le même vin violet un peu âpre de la propriété de Boisrond. Jusqu'à ces dernières années, les Charentais ne travaillaient pas leur vin de table (ils disaient plutôt « trafiquer »). Ils le prenaient comme il venait et le rangeaient dans des fûts souvent trop vieux.

Ils ne cultivaient que deux ou trois rangs pour le rouge de la consommation familiale, en bordure des ceps de cognac. A toutes les vacances, il m'a fallu quelques verres pour habituer ma langue et mon estomac à ce vin râpeux que le père de Marie-Claire et ses frères versaient à profusion. Leur rouge ne titrait pas fort, neuf, dix degrés les bonnes années. Les grands crus de Bordeaux sont tout proches. Pour les bonnes bouteilles, les Charentais ont toujours du bordeaux dans leur cave.

J'ai goûté le vin des Besse pur, pour faire plaisir à Toinou. C'était bien le même qu'à Boisrond. Ce vin tannique, rustique, au vrai goût de la terre de Charente, que je me suis forcé à aimer.

— Vous entendez la cigale ?

Elle a levé ses yeux à reflets verts comme la bouteille.

— Je n'entends plus les cigales.

Elle a secoué la tête.

— Il n'y a plus de cigales.

Le torchon mouillé avait préservé un peu de fraîcheur.

On entendait sans cesse les cigales à nos premières vacances. Elles attendaient onze heures, quand la chaleur montait et que le soleil émergeait derrière les peupliers. La mère de Marie-Claire avait déjà « coffré » les volets. Une première stridulation aiguë s'élevait. Une seconde, peu après.

Et, bientôt, tout l'air de la vallée s'embrasait et vibrait de leur mélopée orgasmique jusqu'au soir.

Les cigales charentaises ne chantent pas comme leurs cousines du Midi. Elles tiennent sans fléchir la même note vertigineuse et sont plus grosses que leurs cousines.

Nous avons grimpé plusieurs fois sur le muret d'enceinte de la place de l'église d'Angeac pour récolter les robes des cigales. Marie-Claire le faisait déjà quand elle était petite avec ses frères et sa sœur, à leur retour de l'école.

Les pattes figées des mues étaient agrippées à la mousse des tilleuls. Nous les avons décrochées doucement. Cette enveloppe est fragile. L'insecte avait surgi de la fente béante dans son dos et déployé ses ailes. Nous avons glissé les robes dans une boîte d'allumettes, comme lorsque Marie-Claire était écolière.

Mais Toinou avait raison. Cet été-là, il n'y avait presque plus de cigales. Elles avaient disparu tout d'un coup. Et l'été en Charente avait perdu de son enchantement.

Les traitements dans les vignes n'y ont pas été étrangers. Nous avons dû chercher longtemps avant de dénicher une robe dans les tilleuls de l'église pour la montrer à nos filles. Nous parlions si souvent de ces robes. Marie-Claire en avait fait un dessin à la plume et à la gouache que nous avions mis sous verre et accroché au mur du couloir, à l'entrée de la maison. C'est pourquoi cette cigale dans l'arbre du Renclos m'a semblé un signe.

Aujourd'hui, elles reviennent. Trop peu nombreuses encore. Mais leur grésillement à qui mieux mieux salue l'ascension du soleil. Des viticulteurs respectent une verte laisse d'herbe, tondue comme un gazon entre les rangs. On voit moins de terre brûlée et détruite par les désherbants.

Et les lièvres, qui étaient partis aussi, reviennent gîter à l'abri des souchots.

Nous avons rangé nos verres sous le torchon. Toinou m'a souri. Elle était prête à nouveau. Elle tiendrait « son rang », sans défaillir, comme elle l'avait toujours fait.

J'ai essayé d'imaginer le visage d'Antoinette Besse au temps des guerres et du labeur opiniâtre. Je l'ai vue, fourmi infatigable, arquée sur sa faucille ou sa fourche. Elle sacrait entre ses dents : « Ah ! Saloperie ! Ah ! Bougresse ! Ah ! Par la sainte Vierge ! Ah ! Jésus, Marie, Joseph ! » Les tracas, les enfants, les sacrifices, le malheur creusaient l'ovale de son visage. Les lignes étaient aiguës, les joues creuses, les pommettes saillaient, l'arc du nez en bec d'oiseau.

J'ai cherché le visage émacié d'une Antoinette jeune et douloureuse au regard dur dans la figure pleine de plis de la vieille femme.

Elle a toujours eu, malgré tout, l'énergie, le caractère, et peut-être l'innocence, pour affronter l'urgence. Et l'âge, le quotidien plus facile, lui a apporté ces traits apaisés. Les creux se sont remplis. Les rides sont venues et, avec elles, de la douceur, en même temps que ses mains, ses membres se desséchaient.

Je lui ai demandé si d'être une femme pratiquante l'avait aidée.

— Ah toujours. J'aimais beaucoup... j'aimais beaucoup aller à la messe.

Avait-elle été élevée dans la religion ?

— Oh, mes parents étaient *beaucoup* catholiques ! Oh, ma grand-mère, elle me disait des prières, des... Ma grand-mère était *beaucoup* catholique.

Elle m'a parlé de son grand-père, qu'elle n'avait pas bien connu. Elle se souvenait de sa jambe cassée. Il était couché dans son lit sous l'échelle qui montait au grenier du Grand-Gillou. Et quand elle montait chercher des pommes, il tapait avec son bâton, pour l'empêcher de monter. Mais comme il ne pouvait pas bouger, elle montait quand même. Elle était gourmande de pommes, des petites pommes très sucrées, grosses comme ça (elle serre le poing). Elle montait quand même, elle disait : « Il peut pas m'attraper ! »

Après, quand il a été mort – Toinou avait six ans –, sa grand-mère, qui ne s'entendait pas avec sa belle-fille, a déménagé de l'autre côté des grands bois où elle conduisait la chèvre. C'est elle, Toinou, qui allait la soigner. Elle avait peut-être douze ou treize ans. Elle montait « en jambillon » à califourchon sur le lit. Elle redressait ses oreillers. Elle lui relevait la tête, lui frottait les pieds, pendant que la grand-mère récitait son chapelet.

Son mari accompagnait-il Toinou à l'église ?

— Il m'a laissée faire. Oh, *jamais, jamais* il m'a contrariée. Au contraire, *jamais* je peux dire que je me suis fâchée avec mon mari, *jamais*... non...

Elle murmure :

— Faut croire que je l'aurais battu il se serait pas défendu.

Elle secoue la tête.

— Non, *j'ai pas été* malheureuse avec mon mari, ça non !

— Finalement, vous n'avez pas regretté de vous être mariée avec lui ?

— Oh non, oh non !

Elle sort son grand mouchoir de sa poche, essuie son front, ses joues, son cou.

— Mais je dis toujours à qué les… J'ai dit : « Si j'ai des enfants, il se marieront *pas* à quinze ans, parce que c'est *pas* une vie. » Vous savez, moi, je venais d'avoir mes frères là, tout le temps à m'occuper de qué les drôles, et j'avais *pas envie* de me marier, moi, à quinze ans ! J'en avais arraché, moi, avec mes frères plus jeunes, vous savez ! J'étais mariée, ils me battaient encore. Je disais : « Laissez faire, je vais le dire à chez nous quand ils vont arriver. » Mais je voulais point les faire battre !

Elle se levait avant le jour, quand elle était petite fille au Grand-Gillou, comme ses parents, parce qu'elle était l'aînée. Elle faisait bouillir la chaudière pour les cochons et portait les *siaux* de *breunée* à dix ans. Y avait la truie. Mais y avait les moutons et trois, quatre bœufs, une vache, à panser. Et quand y avait pas d'eau dans la citerne, elle allait sur la butte. A la cime, là-haut, y avait un lac, elle ramenait l'eau avec un cercle sur les épaules. Un cercle de bois pendu autour du cou par une lanière, pour que les deux seaux qu'elle portait ne versent pas sur ses sabots.

Elle dit qu'elle en a charrié, des brassées de betteraves et de choux.

Elle avait une voisine, la grand-mère d'un David, un gars de son âge au Grand-Gillou. La bonne femme avait fait fabriquer une charrette à un voisin, une véritable petite voiture avec des liteaux, tout. Elle rit. Elles s'attelaient à ça, elles tiraient ça. Quelquefois, la voisine disait : « Monte ! »

Mais elles allaient loin dans les bois chercher des fougères à faire bouillir, pour les cochons ! Oui, les fougères, quand elles poussent, on dirait des asperges. Alors, tout ce qui était comme ça, bien tendre, elles le coupaient. Et puis elles l'emportaient en fagots. Et ça faisait une breunée assez grasse que les animaux aimaient.

Et les châtaignes ! Elle allait ramasser les châtaignes avec sa grand-mère. Elles emportaient une marmite. Elles en faisaient bouillir. Toute la journée, elles y restaient !

Elle n'a jamais souffert de la faim. Jamais. Sa mère faisait très bien la cuisine. Ils mangeaient la soupe. L'hiver, elle blanchissait les châtaignes. Elle mettait des raves dessous ou des pommes de terre.

« Du temps de ma grand-mère, on mettait même une nappe pour manger. »

Oui, parce que chez sa grand-mère ils étaient *tessiers*, tisserands. Elle avait neuf frères et ils fabriquaient tous de la toile. Ils n'étaient pas malheureux. Sa grand-mère était la seule fille. Elle était gâtée. Elle avait gardé l'habitude d'une belle table.

Le souvenir d'une nappe, c'est tout ce qui lui reste du passé reluisant de ses aïeux. Sauf la famille de René, que lui reste-t-il d'ailleurs de ses parents proches ? Ils sont tous partis.

Elle compte sur ses doigts.

Son mari, François, et Madeleine. Et sa sœur, partie de la diphtérie, le croup, à trois ans. Son frère cadet, Firmin, qui était passé indemne à travers la guerre. A quelques jours de la fin, en Belgique quelque part, des chiens se noyaient dans un lac, il a sauté, les a sauvés. Il a attrapé du mal. Il est mort d'une pleurésie.

L'autre frère, Louis, a vécu plus vieux. Il a tenu jusqu'à soixante-douze ans. Lui est reparti en Dordogne avec les parents quand ils s'y sont réinstallés, aux Coders, près de Javerlhac. S'est marié, lui aussi, à vingt-six ans avec une fille de seize ans.

Ils ont travaillé. Les terres étaient à l'abandon. Le vieux parrain qui les avait fait venir ne s'occupait plus de rien. Il avait un vieux cheval. La belle-sœur, la mariée de seize ans, est toujours vivante.

— Mais elle a des genoux, si vous voyiez comme ça... elle n'est pas habile, elle a tant travaillé, tant travaillé...

De cette génération, elles ne sont donc plus que deux. Des femmes. Les femmes résistent mieux.

Toinou se tait, la main sous le menton.

— Oui. On a tous travaillé, ajoute-t-elle.

Elle se tait encore. On s'arrêtera là. La première séance ne doit pas être trop longue. Je le lui dis.

Elle ressort son mouchoir. Elle paraît soulagée, comme si d'avoir parlé l'avait débarrassée d'un fardeau.

Et puis je ne veux pas la brusquer. Elle bouge, s'essuie le front, les joues, se lève. Et puis s'élance comme si elle bondissait, comme si nous avions déjà perdu assez de temps. Je lui demande si elle veut boire.

Elle est déjà partie.

— Venez !

Je la suis.

7

Elle marche vite. Elle a attrapé au passage le bâton que je n'avais pas remarqué contre la planche du hangar. Elle ne s'en sert pas comme d'une canne. Elle n'en a pas besoin. Le bâton est plutôt comme un moulinet qu'elle tourne entre ses mains.

Nous traversons la route. Elle m'étonne. Quelle femme ! Elle fonce à travers le pré de l'autre côté de la route, voûtée à peine, tête chenue, épaules étroites, la ceinture de blouse serrée, regarde à peine où elle pose les pieds, parce qu'elle connaît par cœur toutes les mottes de terre et les touffes d'herbe grillées par l'été.

Curieusement, la commune de Saint-Simon a construit son école et sa poste à l'extrême bout du village, face au Renclos. Les allers et retours ont tracé dans l'herbe du pré un sentier qui longe le mur de la cour de récréation.

J'ai du mal à la rattraper. Nous arrivons derrière l'école, à trois cents mètres de la ferme, à mi-plateau. Le jardin du Renclos est là.

— Vous faites ce chemin tous les jours ?

— Eh, quelquefois dix fois par jour !

— Pourquoi le jardin est-il si loin de la maison ?

— Parce que c'était le seul morceau de terre, assez grand, disponible.

Assez grand ? Ce n'est pas un jardin. C'est un champ, cultivé comme un jardin, partagé en une succession de carrés par des petites allées.

J'imagine qu'à l'époque des difficultés, des naissances successives et de la guerre l'essentiel de la nourriture du Renclos était tiré de cette terre grise, aride en cette saison.

— Vous n'avez pas de puits, ici ?

— Non.

— Et pour les arrosages ?

— On apporte l'eau du Renclos.

Nous avons marché jusqu'à l'appentis tout de tôle contre le mur de l'école.

Une poutre de bois sur deux pierres tient lieu de banc. Les fourches, les bêches, les pelles, les houes sont suspendues au râtelier. J'ai décroché la pioche. Ses pointes, façonnées dans deux épaisseurs de fer, sont forgées pour affronter les roches les plus coriaces. Le manche est gros comme mon bras. Rien qu'à le soulever, l'outil a tiré sur mes épaules.

J'ai soupesé la bêche, la pelle, le râteau. Leurs manches étaient aussi épais et noueux.

— Vous ne vous servez pas de cette pelle, quand même ?

Elle n'a pas répondu, assise sur le banc, m'a lancé un regard offensé.

J'ai raccroché la pelle au râtelier. Comment faisait

Toinou ? Elle ne m'arrivait pas à l'épaule. J'ai imaginé l'énergie nécessaire pour manipuler des outils comme ceux-là pendant une journée.

C'est ça, Toinou est une énergie, l'adresse en plus à manier l'outil et à économiser autant que possible ses forces. Une économie de gestes que la plupart d'entre nous avons perdue.

J'ai le souvenir d'un après-midi d'hiver au fond du jardin de mon grand-père. Je m'étais porté candidat à tailler avec lui la haie de buis envahissante. Nous voilà l'un et l'autre armés des mêmes ciseaux et ceints d'un grand tablier de toile bleue. Nous prenons chacun notre côté de la haie. J'avais seize ans. J'étais plus grand que mon grand-père. Je démarre comme un bolide. J'y vais de bon cœur. Tchac ! Tchac ! Les rameaux de buis pleuvent à mes pieds. Certains durs et gros comme le pouce. J'ai mal aux mains. Je vais sans doute y récolter quelques ampoules. Tant pis. Je sème grand-père qui, de l'autre côté de la haie, n'arrive pas à me suivre.

— Eh ! Comme tu y vas ! s'étonne-t-il.

Je me réjouis du compliment. J'accélère un peu pour augmenter mon avance.

Lui, la casquette sur la tête, tchac, tchac, les coups de ciseaux plus lents. Il s'arrête, passe de mon côté pour admirer mon travail, relève sa casquette.

— Eh ! dit-il. Tu en as laissé quelques-uns. Il faut aussi couper ces brins. Et puis, tu vois, là, ces échelles, ces épis, ces vagues... Taille régulièrement, pour que la haie reste bien droite. Regarde...

Il m'emmène de son côté. Son chantier est parfait, rectiligne, verticalement et horizontalement.

— Tu vois ?

Je retourne à mon chantier, corrige autant que possible, fais des trous, des échelles, recommence, enrage. Grand-père avance, arrive à ma hauteur. Je veux accélérer, laisse de nouveaux épis, me fâche. Je suis sûr que les ciseaux de mon grand-père sont meilleurs que les miens. Je lui propose d'échanger.

— Si tu veux.

Ça ne change rien. Je n'y arrive pas. Je suis toujours aussi gauche. Je l'appelle à l'aide. Je suis tenté d'abandonner.

— Non, non, tu continues. Tu vas aller jusqu'au bout.

Il veut bien, quand même, corriger mes erreurs.

— Tu comprends, ajoute-t-il, les ciseaux dans ses mains expertes, ça ne sert à rien d'aller plus vite que le mouvement. Il y a un temps pour tout. Ce n'est pas la peine de se fatiguer et de s'exciter bêtement.

Cet après-midi d'hiver-là, les mains de mon grand-père désormais disparu se sont confondues un instant avec les mains ouvertes de Toinou sur sa blouse pendant que nous parlions devant son jardin. De larges et longues mains, formées à force, pour une femme de taille modeste. Pas des pattes d'ours. De belles mains malgré tout, aux nœuds forts, déformées par l'âge et le travail.

Elle s'est levée. Son petit rire m'a rassuré.

— Avez-vous des fèves à Boisrond ?

— Presque plus. Des vieilles, que la mère de Marie-Claire pèle pour la soupe.

Son père en faisait bouillir aussi pour nos pêches à la carpe.

Les fèves de Toinou étaient hautes et vertes, les gousses longues et bien remplies. Quelques pucerons, comme des grains de poivre, noircissaient leur feuillage.

— Comment faites-vous ? Vous continuez d'apporter l'eau jusqu'ici ?

— Bien sûr ! Des arrosoirs !

Elle a relevé un pan de sa blouse et commencé à cueillir les gousses, le geste vif, rapide. Elle a entassé les fèves dans sa blouse.

— Vous allez en emporter !

— N'en cueillez pas trop.

— Vous les aimez ?

— Oui.

Elle a continué. Le soleil de l'après-midi brûlait encore.

— Vous ne portez pas de chapeau, Toinou ?

Elle a relevé le front comme si elle s'en apercevait maintenant. La sueur collait ses cheveux blancs. Elle a sorti son grand mouchoir et l'a posé comme ça sur sa tête.

— Voulez-vous quelques fraises ?

— Non merci, on en a à Boisrond.

La poche dans son pan de blouse était pleine. Elle s'est inclinée pourtant, a cueilli une grosse fraise, toute rouge.

— Ces fraisiers remontants sont formidables.

Elle me l'a donnée. Une mère nourricière.

J'ai pensé aux déesses aux seins multiples de la statuaire antique de mes cours de latin, Artémis la Grecque, Diane la Romaine. Celle du jardin aux mille fontaines de la villa d'Este où j'ai accompagné mes élèves. L'eau jaillit par tous les tétons de ses seins gorgés d'eau. La fraise était sucrée et tiède dans ma bouche. Toinou clignait des yeux dans le soleil.

Elle a souri de me regarder manger, le mouchoir froissé sur la tête, le pan de blouse relevé, les sillons du visage creusés par l'aveuglement de la lumière, reine dans son jardin.

Nous sommes revenus vers le petit hangar.

— Il fait chaud, tout de même, a-t-elle soupiré à l'ombre en remplissant mon verre.

La cigale cillait dans l'amandier. J'ai pris mon magnétophone. J'étais sur le départ. J'ai craint qu'elle ne s'arrête quand j'ai ouvert la porte de ma voiture.

Son chant a fléchi et puis a continué de plus belle.

8

J'ai préféré tourner à gauche, après le pont de Juac, pour passer par le chemin blanc de la prairie de Saint-Amant qui longe la Charente, plutôt que de continuer par la route. J'ai cahoté sous la tonnelle d'ormeaux et de saules, franchi au pas le petit pont de fer sur le canal de drainage, avant de déboucher dans la prairie.

Le soleil, toujours haut, pétillait sur l'herbe jaunie. Autrefois les troupeaux venaient paître dans ces communaux.

J'ai arrêté ma voiture au pied des trois peupliers du coup à carpes de mon beau-père où nous étions venus le matin. Je suis descendu sur la plate-forme de planches qu'il avait aménagée sur la rive pour y installer nos pliants. Les eaux de la Charente étaient normalement basses et blondes en ce milieu d'août. Elles deviendraient troubles un peu plus tard, lorsque les herbes commenceraient à pourrir.

J'ai écouté le léger murmure du fleuve au détour de son lit et cru surprendre le moucheronnement d'une carpe dans le froissement des nénuphars. Mais c'était une simple ride du courant.

J'ai cherché les tuiles du Renclos à travers les branches dans la montée, sur l'autre rive. Pourquoi Toinou acceptait-elle de me parler ? Voulait-elle laisser une trace ? Elle était à cent lieues de ceux qui se rêvent un destin.

C'était une femme de devoir. Elle avait travaillé pour aider à vivre les siens. Elle n'avait peur ni du loup, ni des hommes, ni de mourir. Elle n'avait peur que pour les siens. Elle était un maillon qui s'était donné du mal pour empêcher la chaîne de se rompre.

Elle acceptait de me parler parce que j'étais un peu de la famille, pour faire plaisir à ses petits-enfants, à André, qui le lui avait demandé pour moi. Elle était habituée au silence, la vie enfouie dans son territoire du Renclos.

Et voilà que, maintenant, peut-être, à se raconter, elle s'apercevait que ça avait du sens. Les choses s'éclaircissaient. Elle me souriait, me donnait des fèves. Elle y prenait du plaisir, c'est sûr.

Elle n'en tirait pas d'orgueil. Sa fierté, car elle en avait, c'était de voir ses cinq petits-enfants, les enfants de René, mener une vie plus facile que la sienne. Son travail, c'était pour les « pousser aux études ». Sauf Robert, qui était resté, ils avaient tous essaimé ailleurs. Henri, le cadet, sautait d'un avion dans l'autre pour porter la bonne parole aux écoles de l'Alliance française à travers le monde, et ça, c'était sans doute le summum de la récompense.

Maintenant, grâce à eux, elle accédait à la sérénité du grand âge. Elle soignait son fils et sa bru à la santé précaire, profitait de la présence de Robert. Il était l'homme de la maison. Elle lui préparait à manger, repassait ses chemises et ses pantalons. Elle était utile. Avoir ses mains sans rien l'aurait tuée.

Pensait-elle quelquefois qu'elle était heureuse ? Elle disait qu'elle était gâtée. Elle se retournait sur son histoire pour ses petits, fouillant le limon de sa vie qu'elle croyait à jamais enfoui.

Des pépiements m'ont fait lever la tête vers le jaune du ciel par-delà la cime des peupliers.

Cinq petits oiseaux tendaient les pattes là-haut, ailes ouvertes, sur place, comme sur le point de se poser. Je les ai reconnus, frêles comme des moineaux : des alouettes. Une autre fondait de l'extrémité de la prairie.

Elle s'est jointe aux autres, a sorti ses pattes. Qu'est-ce qu'elles avaient ? Qu'est-ce qui leur prenait ?

La Charente glissait de l'ombre à la lumière entre les saules et les peupliers. Des ocelles de soleil filtrés par les feuillages flottaient à la surface. Mais, au milieu du lit, une étincelle vive jaillie du fond lançait sa flèche, éclatante, un diamant. C'était pour ce diamant que les alouettes arrivaient du bout du ciel.

C'était peut-être une pierre frappée au fond par le soleil, un bloc de quartz dont l'éclat à travers trois ou quatre mètres d'eau limpide prenait des scintillements précieux.

J'ai accompagné André, un matin d'hiver de l'année d'après notre mariage, derrière l'église d'Angeac, dans l'air bleu et sonore comme un morceau de glace. Le froid paralysait la vallée. Le ciel était vide. Nous avions eu du mal à planter le miroir dans la terre gelée.

André a déroulé la ficelle jusqu'au fossé où nous nous sommes accroupis. Il m'a montré comment la tirer lentement pour faire tourner les miroirs. Le soleil blême d'hiver suffisait.

Le miroir a pivoté.

Et puis il m'a montré la tache comme une mouche dans le cristal du ciel. Elle a grossi, s'est arrêtée à la verticale du miroir. Son cri a vrillé le ciel d'un air joyeux.

André a tiré. L'alouette est tombée comme une pierre dans l'herbe poudrée de gel.

Je n'ai pas vu arriver la suivante. Mais elle était là, déjà. Au même endroit, le même cri.

Elles fondaient maintenant de tous les coins de la nue, par escadrilles de trois ou quatre, à tire-d'aile. Elles se bousculaient à quelques mètres au-dessus du miroir en lançant leur cri éperdu.

J'activais la ficelle. Quelquefois deux alouettes tombaient d'un coup.

Les alouettes étaient folles. L'air sentait la poudre. Pourquoi accouraient-elles vers une fin certaine à l'appel du rayon mortel ?

Elles nous voyaient. Nous ne prenions même pas la peine de nous cacher. Les détonations déchiraient la paix du matin.

Leurs voisines, leurs sœurs tombaient. Et elles ouvraient les ailes. Elles sortaient les pattes, elles chantaient, fascinées par les éclats de verre.

Je les haïssais.

Idiotes ! Elles se suicidaient.

Je tirais sur la ficelle. Il en arrivait d'autres.

Nous sommes allés les ramasser. André portait son grand sac de toile bise en bandoulière. Quelques-unes vivaient encore. Elles nous regardaient approcher, du sang au bord de leur bec brun. Elles essayaient de battre des ailes. Leur cœur palpitait dans le creux de la main.

Nous les avons plumées, vidées et mangées, le soir, grillées sur la braise. Les alouettes ont les os très petits, très fins. On les croque tout entières, chair et os. Leurs petits crânes délicieux s'écrasent et craquent sous la dent.

9

Il y a soixante-dix kilomètres entre le Renclos de Saint-Simon et le Grand-Gillou. Quand nous avons pris la route, avec Antoinette, il s'était écoulé quatre jours depuis notre première rencontre. J'espérais qu'à l'occasion du voyage dans le pays de son enfance de nouveaux souvenirs remonteraient à sa mémoire et qu'elle me livrerait d'autres secrets.

Et puis je voulais qu'elle me montre ce pays qu'elle avait fui et que je ne connaissais pas.

Elle s'est assise au milieu de nous dans la voiture. Elle avait mis un chemisier de satin noir dont elle avait retourné les manches jusqu'aux coudes à cause de la chaleur. Le soleil du matin s'était levé tout rouge à travers une mouvante fumée de nuages.

André conduisait. Nous étions nombreux dans sa grande voiture. Il y avait Lise-Marie, sa femme, Marie-Claire, Henri, le petit-fils qui visitait les Alliances françaises, et moi.

Le paysage change, sitôt Angoulême. On entre dans les bois à partir des faubourgs de Sainte-Catherine, qui est comme une frontière. La route monte, par paliers, de plateaux en cuvettes. Les vignes disparaissent. Les maisons ne sont plus les mêmes. Elles ont rétréci. La pierre est plus austère. Les prairies de vaches rouges se font rares. Les chemins se perdent dans les massifs de châtaigniers. Des hameaux sont abandonnés. Des portes et des volets sont fermés. C'est impressionnant. Je découvrais. L'horizon est moins large. On est ailleurs, dans le pays de Jacquou le Croquant, aux confins de la Charente limousine dont Marie-Claire m'avait parlé. Un autre monde, le Périgord noir.

Toinou serrait sur ses genoux un grand sac noir appelé autrefois une « toilette », d'où elle a sorti un paquet de gâteaux secs. Son rire a fusé, son rire du petit hangar, un rire de gorge. Elle nous a invités à grignoter avec elle.

Elle nous a dit qu'elle avait fait ce chemin à pied, en sens inverse, la première fois qu'ils avaient déménagé en Charente, chez Guyot.

— Comment ? Tout ça ! Les soixante-dix kilomètres à pied ?

— Oui. On était jeunes.

— En combien de temps ?

— Une grande journée !

Ça lui semblait presque normal, puisqu'ils l'avaient fait. Ils étaient partis longtemps avant le jour. Ils avaient dormi tout habillés, pour être prêts.

La veille, ils avaient conduit leur ménage à la gare de Javerlhac, avec le grand-père et la grand-mère. Leur ménage ? Ils n'emportaient presque rien. Ils avaient vendu ce qu'ils avaient, quelques meubles, les bœufs. Le frère du mari de Toinou, déjà en Charente, leur avait écrit qu'ils trouveraient sur place ce qui leur manquait. C'est lui qui avait émigré un an plus tôt à Vibrac, le village voisin de Saint-Simon, et leur avait appris que la ferme de chez Guyot était libre.

Le père de Toinou cachait toute leur fortune dans sa poche de poitrine, quelques billets sauvés du dernier règlement de sa dette à sa sœur.

Le curé de Javerlhac avait recensé la population de sa paroisse en trois classes et le compte final le désespérait. Il l'avait annoncé en chaire. La classe la plus nombreuse était celle des mendiants et des pauvres, qui représentaient la moitié de la commune. Puis il y avait celle des paysans à une ou deux vaches, ou un cheval. Enfin celle des propriétaires à deux chevaux et plus, qui étaient à peine un petit quart. Les Besse, à deux bœufs, se situaient au milieu de la deuxième classe. Mais ils auraient pu, aussi bien, faire partie de la première, tant ils en « arrachaient » pour régler leurs dettes pendant ces années du début du siècle.

Ils avaient prévu un départ discret. Au matin, la maison serait vide. Toinou avait embrassé sa marraine, couturière à Javerlhac, la veille. La marraine avait accompagné le ménage et les grands-parents au train. Mais, quand ils sont sortis de bonne heure dans la nuit noire, tout le village était sur pied.

Adultes et enfants, plus de cinquante personnes les attendaient dehors.

« Courage, malheureux !

— Pourquoi partez-vous ?

— Adessias, mon pauvre ! Ma pauvre amie ! »

Les embrassades ont été longues. Les larmes retenues, et puis les larmes pour de bon. En ce temps-là, quand on se quittait, on se disait « adieu ».

Toinou, à côté de moi, a secoué la tête dans la voiture comme si elle chassait une idée noire.

— Je l'ai dans la tête, queu matin du départ. Je ne peux pas me l'arracher ! Oh là ! Tout ce village debout, à cette heure ! Et qui criait ! Mon père et ma mère étaient bien estimés, au Grand-Gillou. On savait plus si on voulait partir.

« C'était moi qui l'avais voulu. J'avais René dans mes bras... Mais nos affaires étaient déjà déménagées, avec le grand-père et la grand-mère...

« On n'a pas beaucoup parlé pendant les premiers kilomètres. On a jamais beaucoup parlé, d'ailleurs...

« Il faisait le temps d'aujourd'hui. On a eu chaud, ce qu'on a eu chaud ! Et soif. Louis, mon frère, a descendu tremper ses pieds en sang dans un petit lac pendant que je donnais à téter à René. Il avait treize ans. Il avait voulu partir avec ses souliers. On lui avait dit de ne pas les mettre. Il avait pas l'habitude de marcher beaucoup avec des souliers...

Ils étaient sept : le père et la mère de Toinou, Firmin et Louis, ses frères, Toinou et François, son mari, et le bébé, René, qu'ils portaient chacun leur tour. Ils avaient des gourdes en bandoulière, des *cois* creusées dans des citrouilles, du pain dans leurs bissacs, des oignons, des œufs durs. Le mari de Toinou avait glissé un mouchoir sous son chapeau pour se protéger la nuque du soleil. Il portait le plus souvent René parce qu'il avait la force.

— On était comme les carroulets, les chemineaux qui traversaient le Grand-Gillou avec leurs tricotes de drôles qui tiraient sur nos cotillons en tendant la main pour qu'on y mette quelque chose.

Ils ont vu Angoulême, enfin, au coucher du soleil, le dôme de la cathédrale au loin, les remparts. Ils n'étaient plus dans les bois. Mais la mère de Toinou était fatiguée, très fatiguée. S'ils avaient eu une couverture pour le petit, ils auraient dormi dans le fossé.

Mais ils étaient presque arrivés. Ils croyaient toujours être arrivés.

On ne les attendait plus chez Guyot, au milieu de la nuit. Ils ne savaient pas où c'était. Heureusement il y avait la lune, une lune presque pleine.

— Et orange, mon vieux, on aurait dit qu'elle avait le feu !

Ils ont frappé à des volets et des portails en demandant leur chemin. Ils réveillaient les chiens. Quand on ne répondait pas, ils n'insistaient pas. Tous ces hauts murs, ces cours à portes ferrées leur donnaient à craindre.

Mais ils n'ont pas eu à se plaindre. Deux fois, des hommes sont sortis de leur ferme leur indiquer le chemin. Le dernier a été le plus brave. Quand il a vu la mère à bout, il a bien voulu marcher avec eux. Il a dit qu'ils étaient presque arrivés. Il s'endormait toujours très tard et ils ne le dérangeaient pas. Il avait des sabots, mais il semblait monté sur des semelles à ressorts. Alors que les jambes leur entraient dans le corps d'avoir marché si longtemps.

Ils sont passés devant le Renclos, sans savoir que ça serait chez eux un jour. La lune mettait du rouge à la Charente quand ils ont approché des arches du pont de Juac. Ils n'imaginaient pas ce fleuve aussi large. Ils se sont arrêtés.

C'était beau, c'était vaste et profond. C'était humain, ce dos-d'âne du pont. Ils n'avaient jamais vu de fleuve comme ça.

La Charente m'a fait le même effet quand je l'ai découverte la première fois. Mais elle n'était pas dans son état normal. Elle dérivait. Les Charentais disent les « dérivées » de la Charente. Elle était sortie de son lit et prenait toutes ses aises dans la vallée. Les peupliers, les trembles, les saules avaient les troncs noyés jusqu'à hauteur d'homme. Elle était somptueuse et géante. La vallée tout entière dans un miroir gris. Les Charentais ont l'habitude de ces dérivées. Le limon du fleuve fertilise les prairies de ses bords.

Les Besse n'avaient jamais rien vu. Tout leur paraissait ici beaucoup plus grand. En Périgord, tout était coincé entre les fûts noirs de leurs forêts de châtaigniers. Tout était rétréci. Leur rivière du Bandiat, chez eux, leur a paru toute petite.

Ils ont marché encore un peu. Leur guide avait peut-être cinquante ans. La lune flambait dans la toison fournie de ses cheveux blancs qui se dressaient un peu et flottaient comme une crinière. Il leur a dit son nom, Jallageas, Constantin Jallageas. Ils l'ont revu souvent, après, Constantin. Il a été leur premier homme, leur premier Charentais, leur bon Samaritain.

Il a tendu enfin la main.

— Chez-Guyot, c'est là.

La flamme d'une chandelle vacillait derrière la vitre. Ils ont reconnu leur déménagement dans la cour. Jallageas est parti.

Le petit René, qui dormait, s'est mis à pleurer comme s'il avait deviné qu'ils avaient atteint la terre promise. Ils arrivaient au bout de leur fatigue. Les grands-parents et le frère de René, qui les avait accueillis, sont sortis.

Ils ont dormi encore tout habillés, cette nuit-là.

Ils étaient rendus, rendus. Ils sont tombés sur les paillasses les uns à côté des autres.

10

Nous nous sommes arrêtés d'abord à Hautefaye, le village voisin du hameau du Grand-Gillou.

Difficile de percer l'énigme de la tragédie du 16 août 1870. Les villages de cette terre du Nontronnais sont comme des clairières au milieu des bois.

André a stationné son auto devant la modeste église romane de Hautefaye, dédiée à Notre-Dame de l'Assomption. Une statue naïve de la Vierge orne la niche de pierre grise du fronton au-dessus du porche. On n'est pas très pieux dans la région. Les paysans y ont jeté dans le même sac les curés et les nobles, qui faisaient trop bon ménage. Ils avaient la haine des bancs réservés devant l'autel à ces beaux messieurs dans les églises. Ils en ont brûlé beaucoup pendant la Révolution et après.

Mais le 15 août, fête de l'Assomption et fête patronale du village, avait été déclaré aussi « fête nationale » par le prince-président, Napoléon III. Traditionnellement, la fête patronale de Hautefaye était enchâssée entre les deux jours de la foire commerciale, les 14 et 16 août.

Oh, c'était une modeste foire paysanne, surtout destinée à la vente des bestiaux. Les colporteurs investissaient les maisons du hameau. Les granges, les ateliers d'artisans s'emplissaient de leurs déballages de vaisselle, outils de la ferme, flacons d'orviétan et marchandises de bonimenteurs. Les chambres étaient réquisitionnées pour les visiteurs. Les cuisines se changeaient en bistros. Les femmes et les filles servaient à boire.

Les ruelles du petit chef-lieu de canton retentissaient d'une animation gaillarde. La foire était une aubaine pour Hautefaye.

Antoinette Besse nous a précédés sous les châtaigniers du vaste découvert du foirail. La mairie se dresse au milieu, l'église est à quelques mètres. Tout s'ameulonne autour de la grande place, à Hautefaye.

— Ça n'a pas changé ! s'est exclamée Toinou.

C'est là que le massacre a eu lieu, le dernier jour de la foire de 1870.

La sécheresse y a peut-être été pour quelque chose. Elle avait sévi, déjà, deux ans auparavant, mais la situation était pire, cette année-là. Il n'avait pas plu depuis six mois. Les fontaines, les citernes, les mares étaient à sec. Les lits du Bandiat et de la Lizonne se réduisaient à un mince filet. Les bêtes sur le foirail n'étaient pas grasses. Les paysans, obligés de s'en débarrasser, faisaient grise mine.

Les cours du bétail s'étaient effondrés. L'humeur n'était pas à rire.

Et puis c'était la guerre.

Les hommes avaient déjà beaucoup bu pendant les deux premiers jours de fête. Trois jours de foire et de fête, c'étaient trois jours de beuverie qui expliquent la folie et la violence finales.

Le curé Saint-Pasteur avait processionné, le 15, derrière la croix et les bannières à travers Hautefaye. Les fidèles des paroisses voisines y étaient venus. L'église avait été trop petite. Les parents de Toinou étaient parmi la foule.

Le prêtre avait prié pour que tombe la pluie. Le maire et son conseil municipal s'étaient joints à lui à l'église, aux vêpres, derrière le drapeau national pour écouter chanter le *Te Deum.* Et un « modeste » banquet citoyen, ponctué de cris, de chansons d'ivrognes, de « Vive l'empereur ! » et de « Vive l'impératrice ! » avait été servi malgré tout sur la place aux quatre cents habitants de la commune.

C'est que, par la volonté de « Pouléoun », leur cher Napoléon III, la fête du 15 août était devenue bien plus qu'une célébration religieuse ou patronale. Elle était désormais la vraie fête de l'empire. Et les Hautefayens s'exaltaient en faveur de l'empereur, qui les avait soulagés des dîmes et des charges dont la république bourgeoise et les rois les écrasaient depuis des siècles.

La paysannerie était bonapartiste en Dordogne. Le père et le grand-père de Toinou étaient bonapartistes. Pouléoun avait débarrassé le pays des parlementaires arrogants qui s'étaient voté avant son règne une indemnité mensuelle supplémentaire de vingt-cinq francs. Et vingt-cinq francs, c'était dix fois le salaire d'un ouvrier agricole pendant la moisson.

Mais, en cet été 1870, l'empereur avait besoin de leur soutien. Les échos des défaites de l'armée impériale à Wissembourg, Forbach et Froeschwiller, contre les Prussiens, avaient semé la consternation jusque dans les hameaux les plus retirés du Périgord noir.

Tout a commencé dès le matin du 16.

La présence sur le foirail du beau Camille de Maillard et de ses « bottes fines » a échauffé les esprits. L'empereur, disait l'aristocrate, n'avait plus de cartouches pour mener sa guerre. Il était cuit, usé, malade, perdu.

Maillard a péroré ses balivernes comme un jeune coq d'un café dans l'autre, toute la matinée, et s'est même vanté de mobiliser une « petite Vendée » légitimiste à Mareuil. Les foireurs ont commencé à le regarder de travers. Quelques mots de plus, ils lui « faisaient son affaire »...

Il était midi. Il a compris. Il a sauté dans son cabriolet et s'est enfui avec ses bottines légères.

Son cousin, Alain de Monéys, est arrivé deux heures après. Toinou n'a pas pu le connaître, mais le malheureux est devenu si tristement célèbre. C'était un homme d'un moindre calibre, presque un jeune homme, petit, déjà chauve, d'apparence modeste. Il avait trente-deux ans.

Le foirail était à moitié vide. Il voulait acheter un veau. Les foireurs étaient attablés à l'ombre des auberges et au fond des hangars, devant leurs assiettes et leurs verres pleins. Le soleil cognait comme un marteau.

Monéys a eu le tort de nier, d'abord, que son cousin avait pu crier « Vive la République ! ». Et la colère des paysans qui couvait, attisée par la boisson et le soleil, a grandi d'un coup.

Son château de Bretanges était à trois kilomètres de Hautefaye, sur la commune de Beaussac. Membre du conseil municipal et premier adjoint de la commune, il possédait quatre-vingts hectares sur Hautefaye. Les gens du pays le connaissaient, bien sûr. Les paysans qui travaillaient pour lui étaient à la foire. Il était venu à pied. Il y a des côtes et des descentes entre Bretanges et Hautefaye. Il avait eu chaud, aussi. Peut-être que s'il était venu à cheval tout ça ne serait pas arrivé. Peut-être qu'il était agacé et qu'il n'aurait pas répondu aux provocations s'il avait été frais.

Il s'est entêté à défendre son cousin royaliste, qui ne pouvait pas avoir crié « Vive la République ! ». La politique ne l'intéressait pas. La « faiblesse de sa constitution » l'avait exempté des obligations militaires. Il aimait les livres. L'agronomie le passionnait et il rêvait de défricher son domaine pour y planter de la vigne et développer une agriculture nouvelle.

En fait, il aurait dû imiter son cousin, et prendre ses jambes à son cou.

Ils l'ont traité d'abord de « Prussien ».

Chambort, le maréchal-ferrant du hameau de Pouvrière dans le département voisin de Charente, a été le plus acharné. Il ne connaissait pas Monéys. Ses compères aussi ignoraient tout de lui. Ils avaient seulement appris qu'il était un noble.

Les nobles, c'était connu, étaient du parti des émigrés, comme en 1789. Ils se battaient dans les rangs des ennemis de la France. Les amis du maréchal-ferrant étaient armés de bâtons ferrés et d'aiguillons à toucher les bœufs. Lorsque Monéys a réalisé qu'il était en danger, il était trop tard.

Ils l'ont accusé à son tour d'avoir crié « Vive la République ! ». Il a juré que ce n'était pas vrai. Il a bien voulu crier après eux « Vive l'empereur ! ». Mais il était trop tard.

Ils avaient mis leur blouse de foire et leur costume de « petite sortie ». A cette heure de l'après-midi, ils en étaient au vin de noix et à l'eau-de-vie de prune.

Ils se sont amusés d'abord à le poursuivre et le piquer dans la rue comme un veau avec leurs aiguillons et leurs bâtons. L'aîné des métayers, Campot, a dit qu'il ne l'avait pas frappé, c'était tout le monde qui le « bourrait ». Le chiffonnier Piarrouty le suivait avec son terrible fléau-balance à crochet pour peser les peaux de lapins.

Le calvaire d'Alain de Monéys a duré deux heures.

Quelques rares courageux ont essayé de le défendre. Les cafés et les auberges étaient pleins. Le curé Saint-Pasteur a sauté le mur de son presbytère et brandi un pistolet pour arrêter les émeutiers. Mais la meute a aboyé contre lui. Il n'a eu la vie sauve qu'en leur ouvrant la porte de sa cave et en débouchant des bouteilles aux exaltés.

Il n'y avait pas un gendarme, pas un représentant de la force publique.

Alain de Monéys a cru pouvoir se sauver en se réfugiant dans la venelle de la maison de Bernard Mathieu, le maire maréchal-ferrant de Hautefaye. Il a monté les marches de l'escalier, la figure en sang, la chemise déchirée, à demi mort déjà, les mains écorchées, la jambe boiteuse.

Mathieu ne lui a pas ouvert sa porte. Il est sorti sur son seuil, bras croisés sur son gros ventre, le corps en barrage, rougeaud jusqu'aux doubles mentons. Il a fermé derrière lui. Il a dit après, au tribunal, qu'il s'était posté comme ça, comme un juge, en haut de son escalier, pour cacher à sa petite-fille ce triste spectacle. Il avait soixante-huit ans.

« Mes enfants, a-t-il demandé aux excités, calmez-vous, restez tranquilles. Si monsieur de Monéys est coupable, on le mènera à Mareuil. »

Il a avoué aussi qu'il n'était pas intervenu davantage parce qu'il avait peur qu'ils pénètrent dans sa maison et lui cassent de la vaisselle.

Piarrouty s'est glissé dans le dos de Monéys et l'a assommé avec son crochet.

Chambort a crié qu'il fallait faire souffrir « le Prussien » avant de le tuer.

Ils l'ont traîné dans l'atelier du maire-maréchal jusqu'au travail à parer les pieds des chevaux et des bœufs et l'ont sanglé comme un jeune veau.

Et puis l'ont bouclé dans l'étable à moutons pendant qu'ils retournaient boire.

Toinou nous a accompagnés dans la venelle du maire. Il faisait presque aussi chaud que cent ans plus tôt, en moins torride peut-être, moins cuisant. La chaleur ne l'a pas empêchée d'escalader les marches, alerte, tirée par l'histoire qu'elle nous racontait. Le village semblait vide. On était pourtant au milieu de la matinée. Il n'y avait personne dans la rue. On aurait dit un village fantôme.

Le travail de Bernard Mathieu était là, sous nous, avec ses ventrières, ses courroies, les toits de tuiles brunes du village et la clairière du foirail un peu plus loin au fond. Tout paraissait intact, figé. La maison imposante du maire-maréchal était fermée.

Toinou a mis sa main en visière. Henri nous a rejoints et Lise-Marie, Marie-Claire, tandis qu'André mitraillait Hautefaye avec son appareil photo.

Des pois de senteur fleurissaient les pierres et la rampe de l'escalier. La ruelle n'avait rien d'un coupe-gorge. Une impasse comme des milliers dans les villages de France.

Le couvreur de La Chapelle-Saint-Robert, qui suivait de près la bande des excités, a prétendu devant les juges qu'ils auraient dit au maire : « Nous allons le tuer, le faire brûler et le manger. »

« Mangez-le si vous voulez ! » aurait répondu Mathieu.

C'est ainsi qu'Hautefaye a hérité du nom de « village des cannibales ». Mais le maire a nié au procès avoir tenu de tels propos.

Ils ont tiré Alain de Monéys de l'étable à moutons, où il avait repris un peu de forces. Les tourmenteurs changeaient. Ça n'était pas toujours les mêmes. Les uns s'en allaient, d'autres revenaient après boire et s'être glorifiés de leurs exploits. On estime que deux cents l'ont frappé. Ils auraient été au moins huit cents en tout à se « bousculer » autour du « Prussien ».

Le fidèle Dubois, domestique et scieur de long chez Monéys, a été l'un des rares à essayer de s'interposer :

« Vous êtes fous ! Vous rendez-vous compte que c'est votre voisin que vous frappez ? »

Il était trop tard. Plus personne n'était en état de l'écouter.

Alain de Monéys était devenu l'incarnation des haines, des frustrations et des souffrances endurées pendant des siècles. Le Prussien ! L'ennemi ! Le noble, le traître, l'étranger, le Juif, le responsable de la défaite !

« Il a crié "Vive la Prusse !"...

— Et "Vive la République !" »...

Alain de Monéys croyait pourtant se sauver en criant encore, autant qu'il lui restait de voix :

« Vive l'empereur ! »

Il avait du sang dans la bouche. Ses yeux étaient rouges, injectés. Il n'arrivait plus à marcher.

Dubois lui avait apporté une blouse de foire dans le parc à moutons, pour le déguiser. Mais il n'a pas eu le temps de l'enfiler. Ils l'ont traîné au pied du vieux cerisier du foirail.

« On va le monter au pendille ! »

Dans un sursaut, Monéys a ramassé un pieu, une branche tombée, pour se défendre. Piarrouty, enivré et transpirant comme un diable, a abattu de nouveau sur lui son terrible crochet.

Alain de Monéys s'est effondré. Et alors, les poings, les pieds, les sabots, les souliers, les bâtons ferrés, les aiguillons...

Pas une femme ne s'est mêlée aux meurtriers. Seuls les hommes, les vieux, les jeunes, même les enfants, heureux d'ajouter leurs galoches à celles de leurs pères.

« On va le brûler ! »

Ils l'ont traîné par les pieds jusqu'au petit lac asséché où ils allumaient les feux de la Saint-Jean. La tête du malheureux noble rebondissait comme un ballon. Ils ont apporté la paille du champ de foire, des fagots, des petits rondins. Chambort a enjambé le bûcher, levé les bras.

« Vive l'empereur ! »

Des drôles sont venus danser avec lui.

« Vive Pouléoun ! »

Besse, le terrassier de Javerlhac, autrefois manouvrier de Bretanges, a crié :

« On va rôtir un fameux cochon ! »

Comme on applaudissait, il a ajouté :

« Au feu, le Prussien ! Au feu ! Il défendait la Prusse et la République ! »

Ils l'ont allongé sur le bûcher, ont froissé en bouchon une feuille de papier sulfurisé qui servait au boucher à emballer la viande. Chamfort a réclamé des allumettes. Le petit Limay, dit « Thibassou », est allé en chercher au café. Le petit Delage, dit « Lajou », a mis le feu au papier.

Les flammes ont embrasé la paille. Les hommes riaient. Les enfants trépignaient devant ce feu de la Saint-Jean d'un nouveau genre.

La femme Dupuy a témoigné qu'elle avait « distingué les mouvements que faisait le malheureux sous le bois dont il était couvert ».

Chambort, Piarrouty, Mazière, Buisson apportaient de nouvelles branches pour nourrir le bûcher. Bernard Mathieu, le maire, avait revêtu son écharpe.

« Quel dommage que toute cette bonne graisse soit perdue ! » a dit Besse en la voyant grésiller et s'écouler du corps.

C'est peut-être à cause de ça, aussi, qu'on a parlé du « village des cannibales ».

Leur action d'éclat n'a pas calmé les émeutiers. Ils ont rempli les cabarets, glorieux de ce qu'ils avaient fait. Ils recommenceraient s'il le fallait. Ils avaient travaillé pour Pouléoun, qui les récompenserait, ils en étaient sûrs. Leurs hurlements d'ivrognes se répondaient dans Hautefaye :

« Vive l'empereur ! »

« Vive Pouléoun ! »

Les gendarmes sont arrivés à la nuit. L'armée a investi Hautefaye à l'aube du lendemain.

Le jugement de « la horde sanguinaire » a eu lieu très vite, la même année, en décembre, au tribunal de Périgueux. La République nouvelle qui succédait à l'empire défait n'avait pas le temps de tergiverser.

Les quatre hommes reconnus comme les meneurs ont été condamnés à mort avec exécution sur le théâtre de leur crime : Chambort, Piarrouty, et deux autres, les paysans Buisson et Mazière.

Le fourgon des condamnés a quitté Périgueux le 5 février 1871 au soir à l'abri d'une double haie de gendarmes à cheval, accompagné de la charrette des bois de justice. Le convoi a parcouru les soixante kilomètres de Périgueux à Hautefaye dans le noir, pour sa sécurité.

Mais tout le Nontronnais était aux aguets. C'est ainsi que la mère de Toinou a dit qu'elle avait entendu passer la guillotine.

Les exécutions ont eu lieu au petit jour.

Mazière a sangloté que sa mère allait « mourir de douleur ».

Piarrouty a vidé son verre d'eau-de-vie et recommandé à l'enfant qui lui donnait à boire : « Sois sage, ne nous imite pas... »

La gendarmerie mise à part, il n'y avait pas grand monde au spectacle. Une centaine de témoins, tout compris.

Les gens du pays n'étaient pas fiers. Ils avaient lu dans la presse les écrits des esprits éclairés de Paris. La toute jeune République profitait de la tragédie pour stigmatiser les bonapartistes. Les journalistes parisiens avaient investi les hôtels de Périgueux pour témoigner du procès et ils le faisaient comme au spectacle.

Les gens avaient honte. Ils ne s'expliquaient pas ce qui s'était passé.

Quatorze accusés ont été condamnés à la prison et au bagne. Ces hommes, ces paysans étaient de braves gens, de bons époux, de bons pères, avant la folie de cet après-midi du 16 août. Beaucoup d'autres auraient pu être à leur place. Ils l'avaient échappé de justesse, parce qu'ils avaient été plus discrets ou qu'on n'avait pas dénoncé leurs gestes.

Même le terrible chiffonnier Piarrouty avait des circonstances atténuantes. Le bruit avait couru depuis les défaites d'août que son fils, incorporé dans l'armée, était blessé, mourant, « en mille morceaux ».

La rapidité du jugement et son exécution ont laissé la population sidérée. Les habitants du Nontronnais ont été convaincus d'avoir été punis pour l'exemple. La République se vengeait à travers eux, ils en étaient sûrs. Ils se taisaient, mais ça n'empêchait pas les rancœurs. Les aubergistes de Mareuil ont refusé de servir à boire aux gendarmes et aux bourreaux.

La population allait désormais porter comme une blessure toujours ouverte les stigmates de cette tragédie.

Quatre têtes sont tombées sur le foirail de Hautefaye. Les restes carbonisés d'Alain de Monéys ont été inhumés dans le cimetière de Beaussac.

Toinou nous a dit que sa mère répétait qu'elle avait entendu les piétinements des chevaux sur le chemin gelé et le cahotement de la lourde voiture qui transportait la guillotine depuis Périgueux.

11

— Ma mère ne m'a raconté qu'une fois le crime de Hautefaye, et parce que je l'interrogeais tout le temps, a murmuré Toinou en reprenant sa place dans la voiture d'André. On était toutes les deux dans la grange. Elle me parlait tout bas. Et vous auriez voulu, vous, que je n'aie pas envie de me sauver de queu pays de fous ?

— Le Besse, terrassier, condamné au bagne, il était de votre famille ?

— Non… Je ne crois pas… Ou alors de loin… Il y a tellement de Besse ! Mon mari disait qu'on secouerait un buisson en Dordogne, il en tomberait des Besse !

— Vous saviez qu'un Besse avait été condamné pour le crime, quand François Besse vous a demandée en mariage ?

— Non. C'est lui, François, qui me l'a appris, quelques jours après la noce.

— Et alors ?

— Alors quoi ? C'était trop tard.

— Si vous l'aviez su avant, l'auriez-vous épousé ?

— Eh non, bien sûr ! J'en ai pleuré !

— En dehors de votre mère, vous parliez de Hautefaye avec d'autres ?

— Non... Si... Quelquefois, sur le chemin de l'école. On faisait attention, parce qu'on avait pas le droit d'en parler...

— Vous n'aviez pas le droit ?

— Je savais que le fils Gallat, cultivateur au Grand-Gillou, avait été aussi envoyé au bagne. Mais on ne parlait pas de ça dans les maisons. Alors, vous comprenez, cette histoire, c'était pénible à supporter.

J'ai regardé Toinou. Nous étions remontés dans la voiture. Elle était assise au milieu de nous. C'était là l'un de ses secrets.

Si elle avait entraîné ses parents et son mari dans leur longue marche vers la Charente c'était aussi, surtout peut-être, pour se dégager de ce passé trop lourd. Le crime de Hautefaye n'avait que dix-neuf ans, à sa naissance. Rien n'était oublié. Il suffisait d'un mot, un nom, celui d'un condamné. Besse, elle venait d'épouser un Besse.

Elle avait pris le nom d'un cannibale. Quelques ares, des morceaux de lande de leur propriété du Grand-Gillou, étaient sur la commune de Hautefaye. Une terre quelquefois porte une mémoire qui empoisonne.

Fuir. Foutre le camp, foutre ! Elle en mourait d'envie depuis qu'elle allait à l'école.

On ne pouvait pas rayer des cartes le nom de Hautefaye comme certains républicains grand teint l'avaient proposé dans les journaux. Le château de Bretanges dressait ses tours et ses toits d'ardoise pointus, là-haut, sur la colline en bordure des bois de Beaussac.

La tragédie du 16 août 1870 a été la croix des habitants du pays. Le curé Saint-Pasteur – quel nom prédestiné ! – a eu beau conduire la procession du repentir avec l'évêque sur le foirail. D'ailleurs, il n'y aurait plus de foire à Hautefaye. La préfecture les avait interdites. L'interdiction perdure. Les habitants se détournaient, le visage comme un poing, quand un étranger s'aventurait à les interroger à ce sujet. C'était comme un secret de famille qu'on refoule, de crainte de réveiller les démons et faire remonter la boue.

On imagine la petite Toinou, sur le chemin de l'école, qui découvre qu'elle est du pays des cannibales... Qu'est-ce que c'est, des « cannibales » ? Ses camarades lui apprennent quelques vérités crues sur les sauvages et les festivités de la foire.

Elle interroge sa mère, qui la rabroue et refuse de lui répondre. Elle revient à la charge, insiste. Elle n'a pas l'habitude de céder.

Alors sa mère l'emmène dans la grange.

— Tu n'en parleras pas à tes frères ?

Elle raconte, vaguement d'abord. Puis de plus en plus précise parce que Toinou, qui pose des questions, veut des noms.

— Est-ce que mon père était à la foire ?
— Non, heureusement, quelle idée !
— C'est vrai ?
— Puisque je te le dis ! Il est allé à la foire le 14 août.

Toinou frissonne. Elle se sent, oui, salie malgré tout. Il aurait pu y être. Qu'est-ce qu'il aurait fait ? Est-ce qu'il aurait été comme les autres ?

— Et grand-père ?
— Aussi !
— C'est vrai ?
— Arrête de me demander si c'est vrai. Tu prends ta mère pour une menteuse ?

Elle n'est qu'à moitié soulagée. Elle n'est pas sûre. Et s'ils n'y étaient pas, il y avait ce voisin Gallat, et d'autres du Grand-Gillou, qu'elle croise tous les jours, en qui elle avait confiance.

Elle est salie. Elle interroge sa mère sur ses oncles, ses cousins, les amis de son père…

— Arrête ! Tu m'embêtes ! Je ne sais pas !

Elle pose encore des questions sur ce qui s'est passé, sur le maire qui a assisté à tout et n'a rien fait, sur ces gens assis dans les auberges qui n'avaient pas l'appétit coupé.

— Pourquoi ?

Elle a les larmes aux yeux. Elle est sensible.

— Arrête !

Sa mère ne lui dira rien de plus.

— Pourquoi, maman ?
— Pourquoi quoi ? Tais-toi !

Toinou pleure. Ce qu'elle a appris lui fait horreur. Ce pays lui fait horreur.

Pourtant, sa mère ne lui a pas tout dit. Elle ne connaissait peut-être pas d'ailleurs les stations du calvaire d'Alain de Monéys. Elle était une femme, ne s'intéressait pas à la politique, avait autre chose à faire. Mais l'imagination de l'enfant a suffi pour lui faire toucher le pire. C'est bien plus effrayant que toutes les histoires de loups. Ce jour-là, peut-être, elle a décidé de se sauver.

J'ai demandé à Toinou si elle se souvenait du jour où elle avait parlé de Hautefaye avec sa mère. Elle m'a répondu aussi sec :

— C'était un soir. J'avais ramené la chèvre. Mon père lui avait aménagé un petit enclos dans la grange. Et ma mère la trayait.

12

Nous n'avons pas roulé plus de cinq minutes. Le hameau du Grand-Gillou se trouve sur la commune de Javerlhac, mais une partie de ses terres et de ses bois empiète sur celle de Hautefaye. André a ralenti dans la ligne droite. Toinou lui a dit de continuer. Et puis elle a montré :

— C'est là.

Il s'est garé sur le côté. Une boîte aux lettres jaune de la Poste était fixée au mur nu de la maison devant laquelle nous étions stationnés.

— La route de Javerlhac, c'est par là.

Elle indiquait la route devant nous.

— Vous alliez à l'école par là ?

— Oui.

La route était vide. On est restés un moment sans bouger. Nos vitres étaient baissées.

Le Grand-Gillou n'était guère plus petit que le village de Hautefaye, l'église en moins. Je comptais une bonne quinzaine de maisons étirées au bord de la route. Au moins autant de feux. Quelques-unes se mélangeaient dans une confusion de cours de ferme communes.

André a ouvert discrètement sa portière, comme s'il craignait de déranger. Un chien a aboyé. Lise-Marie, Marie-Claire et Henri sont descendus à leur tour.

Toinou ne bougeait pas. Je suis resté assis à côté d'elle. Elle serrait sa toilette sur ses genoux. Par moments, le vent chaud soulevait la poussière de la route dans un tourbillon de sorcière. J'ai entendu son petit rire.

— Je suis née là.

Henri est revenu.

— Tu descends, Toinou ?

La porte pleine de la façade, plein sud, aux deux vitres étroites sous la treille, s'est ouverte. Une grosse femme en noir a paru, la main en visière. Toinou l'a vue.

— Ah ! Quelle-là...

Elle a ri.

— Elle... elle est encore vivante !

Elle a bondi de la voiture, a marché sur les quelques mètres de sentier tracé dans l'herbe sèche. J'ai cru qu'elle allait se mettre à courir. Elles se sont tombées dans les bras sur le seuil de la porte.

Et j'ai entendu chanter leurs voix. Toinou roulait des mots que je ne connaissais pas. Elle avait retrouvé spontanément la langue de son enfance. Elle saluait cette femme dans son patois d'oc. La femme lui a répondu sur le même ton.

Elles parlaient fort. Henri et Lise-Marie souriaient d'entendre leur grand-mère lancée dans une bruyante conversation avec cette vieille connaissance.

— Je ne comprends pas non plus ce qu'elles se disent, m'a confié Henri. Pourtant je suis venu en vacances chez mes cousins quand j'étais gamin...

André avait sorti son appareil photo. Une demi-douzaine de piquets de clôture s'appuyaient au mur, abandonnés sous la treille depuis longtemps. Des cercles de barriques rouillés pendaient à des clous.

Toinou nous a appris qu'Eugénie était une lointaine cousine bien plus jeune, qu'elle avait portée dans ses bras autrefois. Les parents d'Eugénie s'étaient installés dans la maison des parents de Toinou après leur départ en Charente. Nous avons « fini d'entrer », comme Eugénie nous y a invités.

En nous approchant des chaises, elle a ajouté :

— Je finirai entre ces murs.

Les photos de son défunt mari et de ses enfants et petits-enfants s'alignaient dans des cadres sur le linteau de la cheminée.

Ça sentait un mélange d'herbe à lapins et de café réchauffé. Les volets étaient tirés en tuile sur la petite fenêtre ouverte sur la rue. J'ai tâtonné avec ma chaise pour la poser d'aplomb sur les carrés disjoints de terre cuite rouge.

Eugénie et Toinou palabraient dans leur langue avec une vivacité réjouissante. Marie-Claire a approché sa chaise de la mienne. Nous avons appuyé fort nos épaules l'une contre l'autre. On aurait dit deux sœurs qui se retrouvent et se dépêchent de vider leur sac. J'ai compris qu'elles s'informaient des voisins du village, les vivants, les morts. Quand elles parlaient d'un mort, elles hochaient la tête, devenaient graves, Toinou ramenait sa main sous son menton.

Et puis elles passaient à autre chose ou quelqu'un d'autre. Le visage de Toinou s'éclairait. Leurs voix chantaient à nouveau.

— Vous ne m'aviez pas parlé d'Eugénie, Toinou !

— Oh oh oh, si je vous parlais de tous les gens du village !

Elle prenait à témoin Eugénie, qui était petite comme elle, mais plus large, des os plus gros, la figure plus remplie, plus grasse. Elle était moins soignée, les pieds dans des savates éculées, un tablier de devant sur sa blouse qu'elle s'excusait d'enlever seulement maintenant. Toinou ne m'aurait jamais reçu au Renclos avec un tablier taché.

Il faisait bon dans l'ombre de la grande pièce mal éclairée par la porte ouverte.

— C'est dans cette salle que vous êtes née ?

Toinou a hoché la tête.

— Il y a une chambre à côté ?

Les deux cousines se sont regardées en riant. J'ai compris que la naïveté de ma question les faisait rire.

— A côté, c'est la grange ! Au-dessus, c'est le grenier ! a répondu Eugénie.

Deux lourdes armoires périgourdines aux panneaux de chêne sculpté masquaient un peu, dans le coin, le lit d'Eugénie, au couvre-pied matelassé de satin jaune.

— Vous avez vécu dans cette pièce unique, en compagnie de vos parents et grands-parents après votre mariage avec François Besse ?

— Mes deux frères dormaient dans ce coin !

J'ai cru que le chat noir et blanc ronronnait sur la pierre du foyer de la cheminée. Et puis je me suis aperçu que c'était le moteur du réfrigérateur, à côté de la gazinière.

André s'est agenouillé à côté du chat, qui n'a pas bougé. Il a écarté les torchons qui séchaient sur la corde-étendoir devant l'âtre sans feu et photographié le four au fond de la hotte, le beau demi-cercle de briques noires de suie.

Eugénie a ouvert la porte de son armoire et sorti la bouteille de cassis. Elle a aligné sur la table les petits verres qu'elle essuyait avec son torchon.

Son cassis était comme elle, un peu trop vieux.

Nous avons longé le mur de la maison jusqu'au puits-citerne près du portillon du jardin. Les lapins blancs d'Eugénie se sont précipités au fond de leurs toits. Les gouttières de la maison et de la grange alimentaient la citerne. Toinou a cherché avec son soulier sous les ronces et a trouvé la pierre. Elle est montée dessus et a tourné la manivelle qui a gémi.

— J'étais trop petite pour tourner la manivelle. Alors mon père a apporté quelle grosse pierre !

André lui a dit de ne pas bouger. Elle a pris la pose, la main sur la manivelle, pendant qu'elle continuait d'expliquer :

— A chaque fois, à chaque fois, je m'inondais les pieds quand je tirais qué les seaux trop lourds sur quelle margelle. Mon père et ma mère voyaient que c'était mouillé devant le puits et je me faisais attraper : « Tu as encore gaspillé l'eau, Toinou ! »

Elle a tendu la main.

— Queu trou dans le mur de la grange, c'est Firmin, mon frère, qui l'a fait ! Les parents étaient partis à Javerlhac, et il a démoli le mur pour passer directement de la grange dans le grenier de la maison !

Le soleil l'aveuglait. Nous avons fait comme elle, la main en visière pour regarder ce trou mal fait, maçonné n'importe comment. On voyait les poutres de charpente de la grange, les lattes poussiéreuses sous les tuiles. Ça devait être aux alentours de 1900. Toinou n'était pas encore mariée. Elle remplissait d'eau ses socques en tirant l'eau du puits.

Eugénie nous a accompagnés à la voiture. Elle s'est penchée par la vitre ouverte vers Toinou. André avait déjà démarré son moteur.

— On n'a pas eu le courage, nous autres !...

Eugénie a dit ça très vite, comme si elle le ruminait depuis que nous étions arrivés. Elle l'a dit en français pour nous prendre à témoins, s'est appuyée à la portière. Ses mains se sont cramponnées.

— J'avais rencontré un homme à la foire de Nontron. Il nous offrait d'aller travailler, mon mari et moi, en Charente, à la laiterie de Claix. Il venait aux foires pour ça. Il prenait une table dans un café. Le monde allait le rencontrer. Il embauchait. Il nous assurait une maison. On s'est mis d'accord. Je suis rentrée au Grand-Gillou comme une folle. J'allais à la foire en vélo. Il attendait la réponse le lendemain. On n'avait pas encore d'enfant. J'étais enceinte mais je ne le savais pas. J'ai couru en parler à Eugène, qui fendait du bois. J'étais sûre qu'il allait me dire oui. Il m'avait toujours dit oui. Il ne m'a pas répondu. Il a posé une bûche sur le billot, lui a donné le coup de hache. Il en a posé une autre et il m'a regardée. « Toi, tu es comme la chèvre, tu crois toujours que l'herbe est plus verte plus loin ! » Aujourd'hui, je me dis que je m'y suis mal prise. Je lui ai mal expliqué. Je n'ai pas assez insisté. Ses parents étaient avec nous. Je ne l'ai pas assez voulu. Il aurait accepté. On aurait eu une autre vie. Il n'était pas un mauvais homme…

Eugénie secouait la tête. Elle nous regardait, les uns après les autres. Il y avait du désespoir dans sa voix et, en même temps, un tremblement de certitude obstinée, comme si elle pouvait encore changer le cours de sa destinée.

Le moteur tournait. Elle a répété :

— On aurait eu une autre vie…

Et puis, plus bas, avec un sanglot dans la voix.

— C'est comme ça !

Elle a lâché la portière.

— Personne ne le savait. Je n'en ai jamais parlé à personne, même pas à mes enfants...

Elle s'est reculée.

— Allez-vous-en !

André a démarré, doucement.

— Au revoir, Eugénie !

— Adessias !

— Adieu, Eugénie !

13

On ne s'est plus parlé pendant un long moment. On était tristes. La fête du pèlerinage au Grand-Gillou était assombrie. Il faisait chaud dans la voiture qui avait stationné au soleil.

— Du courage... a murmuré Toinou, la voix enrouée. Je ne sais pas, c'était plutôt de l'in... de l'inconscience, ou de l'innocence...

Marie-Claire a soupiré.

— Partir, ne pas partir, c'est toujours tourner le dos à quelque chose...

Et j'ai pensé à notre départ de Boisrond, le quatrième jour après notre mariage.

Nous étions sur la terrasse. Nous avions chargé nos bagages dans la voiture. Nous avions été nommés dans un collège des Marches de Bretagne. Marie-Claire ne s'était guère éloignée de sa Charente jusque-là. C'était une aubaine pour elle de partir. Elle avait eu ce mot. Elle le prenait comme ça. Nous avions même rêvé ensemble de nous envoler pour coopérer dans une mission lointaine. Elle était d'accord.

Pourtant, quand nous avons embrassé ses parents sur la terrasse, les larmes sont venues. Elle avait mis sa robe bleue à fines lignes verticales du lendemain du mariage, qui la faisait si mince. Elle s'est essuyé les yeux, s'est excusée :

— Je suis idiote...

Mais elle a continué de pleurer.

Les rosiers embaumaient en cette fin de matinée douce de début septembre. Quelques feuilles de peuplier précocement jaunies voletaient au fond du pré. Elle a embrassé sa mère, entre rires et larmes.

— C'est la fatigue de ces jours de fête...

Son père l'a prise dans ses bras, un tour, deux tours d'un pas de valse sur le ciment lisse de la terrasse. Il avait ouvert le bal de la noce en valsant avec elle.

— Quand on s'en va, ma fille, on a l'envie d'apprendre et l'espoir d'une vie encore meilleure.

Mais sa mère, émue des yeux rougis de sa fille :

— Si on lui fait du mal, elle saura se défendre !

J'ai compris qu'elle disait ça, avec sa franchise un peu rude, pour se rassurer. Mais je l'ai pris aussi pour moi. C'était comme un avertissement. J'avais intérêt à bien me tenir !

Je me suis retourné dans la voiture d'André, comme si on pouvait encore apercevoir Eugénie au fond de la ligne droite. Mais on avait roulé. La route avait tourné. J'étais vraiment très triste et j'ai demandé à Toinou, pour changer de sujet :

— Alors, c'est la route que vous preniez pour aller à l'école, vous la connaissez bien, vous l'aimiez, cette route ?

— Je ne sais pas.

— Elle était trop longue ?

— Pas tellement. On était habitués à marcher. C'est plutôt que je n'allais pas assez souvent à l'école. J'étais souvent perdue quand j'y allais. J'avais tellement manqué !

Elle a montré soudain le chemin qui sinuait à gauche vers un hameau, là-haut, au milieu des bois.

— C'est là-bas qu'habitait François, avant qu'on se marie, les Chenauds.

André a brusquement freiné. Il a stationné dans l'entrée du champ de maïs, a couru sur le chemin avec son appareil photo. Nous sommes descendus de voiture et avons attendu qu'il revienne, à l'ombre du châtaignier. Le troupeau de vaches rouges, curieuses, cinq ou six, s'est approché dans la combe du contrebas.

C'était aux alentours de midi. La chaleur et le cassis d'Eugénie me sucraient la bouche.

— Je ne m'intéressais pas à mon mari quand j'allais à l'école. Qu'est-ce que vous voulez… Il avait sept ans de plus que moi.

Elle a ri.

— C'était un vieux pour moi. Je ne le voyais pas. Il était l'aîné de neuf.

Elle a ri encore, cette fois tout bas.

— Mais lui, il me voyait !

Elle s'est appuyée en soupirant sur mon bras pour remonter dans la voiture.

— Est-ce que vous l'aimez aussi queu beurre de la laiterie de Claix ? Moi, c'est celui que je préfère.

Je crois qu'elle n'a rien perdu de la route tournante vers Javerlhac. Elle s'était assise à l'avant de la banquette, cramponnée aux dossiers des sièges devant.

On a descendu vers la vallée, le moulin à huile sur la rive gauche du Bandiat, le sombre château féodal au bord de l'autre rive, aménagé en gentilhommière, l'église appuyée tout contre. André s'est arrêté sur la place après le pont sur la rivière. Des lianes longues ondulaient comme des anguilles dans les eaux claires du Bandiat. Le bourg de Javerlhac étageait ses maisons sur la colline. Nous avons demandé à la femme qui ouvrait le portail du château si nous trouverions un restaurant ici.

Elle nous a indiqué le haut du bourg, près de la gare.

Il reste l'inscription *Javerlhac* dans un cartouche bleu sur le mur de la gare, et le portillon de fer sur le côté. La maisonnette a été coquettement repeinte en jaune.

Henri a filé vers elle, sitôt la voiture arrêtée. La porte était ouverte. Il est sorti de l'autre côté sur la voie. Il n'y a plus de voie. Les rails ont été enlevés. Ils en ont laissé dix mètres au bord du quai, vestiges d'un passé perdu. Le ballast aussi a été enlevé et remplacé par un gravier fin. L'ancienne voie ferrée est transformée en piste cyclable.

— Le chemin de fer de Nontron à Angoulême, qui passait par Javerlhac et Saint-Martin-le-Pin, a été supprimé dans les années 50, a dit Henri.

Il y avait contre le mur un banc fait de deux traverses de rails marquées par les encoches des tire-fonds. Nous nous sommes assis, un instant. Nous n'étions que tous les deux. André, Toinou, Marie-Claire, Lise-Marie, aucun ne nous avait suivis. Il m'a semblé respirer l'odeur de carbonyl dont avait été badigeonné le bois.

Le regard d'Henri s'est perdu dans les vibrations de la lumière sur le gravier gris comme de la cendre.

— Je me souviens d'un voyage avec Toinou et mon frère, à la fin de la guerre. Je devais avoir cinq ans. On allait visiter les cousins des Coders. On a pris à Saint-Amant-de-Graves le train de troisième classe aux sièges en lattes de bois, pour Angoulême. De là, on est montés dans le train de Nontron. Une porte ouvrait sur la voie dans chaque compartiment de six ou huit voyageurs. Je me rappelle qu'un soldat, un homme en uniforme, est monté à l'arrêt. Ce n'était pas un soldat. C'était le contrôleur ! Mémé a présenté un petit carnet couvert de moleskine noire avec sa photo. On est arrivés à Saint-Martin-le-Pin quand le soir tombait, et on est partis tous les trois à travers bois vers les Coders. Je me souviens que j'avais peur parce que la nuit arrivait et qu'il n'y avait aucune maison. Mémé parlait. On a fini par entendre une carriole : c'était Louis, l'oncle Louis, son frère, qui venait nous chercher avec la bourrique.

Henri s'est incliné un peu plus sur les traverses, comme s'il avait aperçu quelque chose dans la lumière. J'ai entendu un sifflement aigu, comme le sifflet de l'omnibus d'Angoulême à Nontron entrant en gare. Je me suis penché à mon tour.

Le sifflet a retenti avec insistance.

— C'est André qui klaxonne et nous appelle, a murmuré Henri.

Il s'est poussé un peu comme pour chasser le fantôme du petit garçon de cinq ans assis à côté de lui sur les traverses. Il s'est levé.

Des camionnettes et des fourgons stationnaient sur l'ancienne place de la gare. Les tables du restaurant étaient garnies d'ouvriers qui ont levé leurs verres à notre santé comme s'ils nous connaissaient. La salle à manger sentait le réchauffé de la gargote familiale, un mélange indistinct d'arômes de pot-au-feu et de ragoût, appétissant malgré tout.

La patronne, derrière son comptoir, avait les épaules et les bras nus hors d'un justaucorps d'où débordaient de fort gros seins hâlés. Elle nous a proposé de nous installer, sur la terrasse, sous la glycine aux rameaux serrés autour d'une charpente de fer comme un serpent python.

L'ombre était d'un beau bleu sous les branches. La voie de chemin de fer démantelée passait derrière le talus et la haie de charmes. La femme s'est approchée. Elle m'a vu regarder les photos dans le sous-verre sur le mur de la terrasse.

— Vous ne connaissez pas la foire aux dindons de Varaigne ?

Je découvrais des cortèges de dindons guidés par les capes vertes de la confrérie de l'ordre de la dinde. Toinou s'est souvenue alors d'être allée, petite fille, à cette foire.

— La tradition remonte à Henri IV, a dit la patronne, les dindons défilent à Varaigne le 11 novembre, jour de la Saint-Martin. Dix à quinze mille personnes viennent chaque année pour les voir !

Elle s'est tournée comme un bateau vers les mangeurs dans la salle.

— N'est-ce pas que c'est quelque chose, la foire aux dindons de Varaigne ?

Il y a eu du brouhaha. Ils ont parlé en même temps du festival du bourru et de la châtaigne dans la cour du château, des marmites de civet de dindon servies le 11 novembre.

— Et le clou de la fête est le concours de glouglou, le soir. Le public élit le champion du cri de dindon !

J'ai demandé si elle avait concouru. Elle m'a répondu d'un haussement outré d'épaules.

Elle nous a servi une onctueuse blanquette de veau avec du gros pain de boulanger fort agréable pour pomper la sauce. Elle a bougonné contre la folie des boudins le jour de la foire aux dindons. La foule se bousculait pour des boudins qui n'étaient ni meilleurs, ni différents des boudins qu'on pouvait trouver chez les charcutiers toute l'année.

Elle a tiré sur la couture de son justaucorps. J'ai entrevu dans un éclair la large fleur de son sein, rouge comme la caroncule d'un coq.

— Si encore c'étaient des boudins de dindons !

Nous avons filé au cimetière de Lussas, où sont enterrés les parents de Toinou et Louis, son frère. Le petit cimetière est à flanc de colline, sur la route de Lussas à Hautefaye. L'enclos surplombe les pâtures, la route en lacets, la rivière.

Toinou s'est assise un moment à l'ombre de la croix de la famille. Lise-Marie lui avait prêté son chapeau de paille.

— Ils sont bien. Ils voient loin. Mais pourquoi ont-ils abattu les arbres ?

Il ne restait plus, en effet, que les souches des cinq ifs autour du calvaire central.

— Ils étaient malades, a dit André. Ils vont peut-être en planter d'autres.

Les silhouettes des vaches rouges ondulaient et flottaient dans la chaleur de la vallée. La patronne de l'auberge nous avait servi un café amer. On a bu à tour de rôle à la bouteille de Marie-Claire l'eau tiédie. Henri a fait le tour du cimetière. Il s'était lancé avec son frère dans des recherches généalogiques et ils essayaient de dénouer l'écheveau de la famille.

Nous avons ensuite poussé jusqu'au Vieux-Siriex, où était la maison de la grand-mère d'Antoinette, à quelques kilomètres. Tout se tient. Les villages se succèdent au gré de l'exposition des collines. C'est là que, petit chaperon rouge, Toinou venait à travers bois sans avoir peur des loups.

Le Vieux-Siriex était désert. La cour de la maison fermée. La boîte aux lettres portait le nom d'un couple inconnu. Une brassière et des chaussons de bébé séchaient sur une corde à linge.

Toinou a expliqué que la fenêtre sur la rue était autrefois la porte où elle frappait quand elle arrivait. La façade donnait plein sud. Sa grand-mère sortait son tabouret à côté de cette porte qui restait toujours entrouverte parce que la cheminée fumait. Il n'y avait alors que la circulation des voitures à cheval et des troupeaux. Aux beaux jours, elle installait une petite table, un guéridon, où elle posait sa boîte à couture ou épluchait ou coupait ses légumes en regardant passer la vie.

André lui a demandé de prendre à nouveau la pose et Toinou s'est adossée au mur, à la place où sa grand-mère s'asseyait sur son tabouret.

14

Quand je suis venu au Renclos, le lendemain, pour le deuxième enregistrement de Toinou, rien n'était plus tout à fait comme avant, entre nous. Il y avait eu notre voyage en Périgord.

La journée a été, je crois, la plus torride de cet été-là. La chaleur monte vite dans le cirque des collines autour de Cognac. Le soleil chauffe la pierre à blanc. L'Océan est trop loin. Les vents se sont essoufflés en route. Le raisin se gorge de feu. Le cognac est une eau-de-feu.

Les Charentais disent qu'il fait « môvais » en « coffrant » leurs volets, avant que la chaleur écrase. Ils disent aussi qu'ils les mettent « en tuile ».

On dirait qu'ils souffrent de la chaleur plus que d'autres et se plaignent toujours de manquer d'air. Ils savent aussi que, sans ce mariage de la terre et du feu, ils n'auraient pas l'or qui transpire en moisissures à travers les pierres et les tuiles des chais.

On ne trouve la fraîcheur qu'au bord du fleuve. Les baigneurs se donnent rendez-vous au Petit Royan ou au Bain des dames. L'odeur des menthes sauvages qu'ils piétinent flotte sur les rives.

Sur le pignon de la grange abandonnée de la prairie d'Angeac, il y a une phrase en grosse écriture rouge : *Nénette voudrait des amants.* Avec de la brique, on a dû comme la graver. On dirait un tatouage à la sanguine sur la pierre blanche.

Le père de Marie-Claire a toujours connu l'inscription. Le temps n'a rien effacé. Des dessins moins nets, sur le côté, laissent deviner une basse-cour, un coq, des poules.

Nous avons rendez-vous avec Nénette à chaque fois que nous arrivons à Angeac par la route du fleuve et la prairie. La grange est juste avant le dernier pont sur le Brassiaud, avant l'église. Quand la Charente dérive, elle inonde ses fondations, la déstabilise.

Les granges étaient nombreuses autrefois dans les communaux de la prairie. Chaque propriétaire avait la sienne. Les vaches, mélangées le jour dans la vaste pâture commune, regagnaient leurs granges le soir, sans se tromper, pour retrouver maîtres et maîtresses qui les attendaient avec les bidons et les seaux pour la traite.

Il n'y a plus de vaches dans la Charente du cognac. Les granges se sont effondrées les unes après les autres, ou les tracteurs les ont détruites. La terre noire de la prairie avale peu à peu leurs pierres.

Il n'y a plus que la grange de Nénette. Comment était Nénette ? Quel était son vrai prénom ? Je l'imagine au bain dans le fleuve, en cotillons et cache-corset, comme c'était la mode il y a plus de cent ans.

A moins que ce soit cette femme dont la légende angeacaise rapporte qu'on la voyait traverser le village avec sa savonnette et sa boîte à sel dans sa brouette. Les gamins, alertés, la suivaient à la trace. Cachés derrière les saules, ils la regardaient se préparer à sa toilette et s'avancer toute nue dans la Charente en arrosant son eau de gros sel pour la purifier ! Alors les drôles excités ont ramassé une tuile et ils ont écrit son nom sur le mur de la grange.

Chère Nénette ! Je voudrais que sa mémoire reste mille ans. Pourvu qu'une « dérivée » trop forte du fleuve ne vous emporte pas, vous et votre grange dont les tuiles claquent et volent au vent d'hiver !

Il faut sauver l'amoureuse Nénette !

Je suis entré dans la cour du Renclos, sous l'acier du soleil. J'ai écarté le contrevent et me suis glissé dans l'ombre bleue de la cuisine. Les volets de la fenêtre sur le pont de Juac étaient fermés aussi. Il faisait sombre. Il aurait fallu allumer la lumière.

— Il fait bien môvais… a soupiré le vieux René.

Une abeille bourdonnait contre le volet. La vaisselle était rangée. Toinou, prête, m'attendait.

— Vous n'allez pas vous installer dans le petit hangar, a dit Robert. Vous aurez trop chaud !

— Et pourquoi pas ? a répondu Toinou.

Il a parlé du camion-citerne qui venait charger une livraison d'eau-de-vie et qui nous dérangerait.

— Restez à la maison. Installez-vous au frais dans la chambre !

— Quelle chambre ? a demandé Toinou. Où Marguerite ira-t-elle dormir ? L'air circule sous le petit hangar.

— Quel air ? Vous allez cuire là-bas comme des prunes dans un four.

— Eh bé, c'est bon, les prunes cuites !

Toinou s'est tournée vers moi, ses yeux comme deux petits brasiers.

— Vous n'êtes pas comme qué les Charentais qui craignent la chaleur, j'espère !

J'ai souri.

— C'est vous qui décidez, Toinou.

Elle préférait le petit hangar parce qu'elle s'y trouvait plus libre. On était ailleurs, entre nous.

Elle a apporté la casserole de café. J'ai cru qu'elle allait appuyer la main sur mon épaule en versant dans ma tasse, comme à Robert. René Besse a tendu vers moi la bouteille de cognac. Le fils de Toinou avait le regard distrait, ailleurs, d'un homme fatigué qui laisse aller.

— C'est du vieux, m'a-t-il dit. Vous verrez dans la tasse chaude !

C'était un de ces cognacs de propriétaire dont l'arôme boisé imprègne jusqu'à l'arrière-gorge et dont le taux d'alcool encore élevé foudroie à chaque fois un néophyte comme moi. J'ai repris mon souffle.

Le visage sec et froissé de René n'a pas bronché tandis qu'il buvait son cognac aussi tranquille qu'à avaler son café. Toinou a fourré dans sa poche de blouse l'enveloppe qui attendait sur le buffet.

On est sortis. C'était sans doute d'avoir été à l'ombre. L'ardeur du soleil m'a paru plus vive. J'ai suffoqué encore, comme après le cognac, une seconde. Toinou était à côté de moi. Elle avait coiffé, cette fois, un chapeau de paille à larges bords.

Robert m'a demandé de déplacer ma voiture sous le magasin pour la manœuvre du camion quand il arriverait. C'est vrai qu'il n'y avait pas d'air. La lumière jaune beurrait le rectangle de ciel entre les bâtiments qui cernaient la cour.

Le vieux cognac m'embrasait toujours la bouche.

Toinou m'attendait sous l'amandier. Nous aurions sans doute été mieux dans la chambre. Le couple de pigeons qui somnolait sur la tablette devant l'entrée de son nid semblait n'avoir pas bougé depuis l'autre jour.

Je l'ai rejointe sous les branches.

— Vous entendez ?

— Quoi ?

— La cigale.

Elle m'avait déjà dit qu'elle était sourde aux cigales.

L'amandier vrombissait sous le siège d'une armée de guêpes et d'abeilles, mais c'était bien la cigale que j'entendais. Toinou m'a regardé écouter et puis elle a longé l'ombre du mur vers le petit hangar.

Il n'y en avait pas qu'une. Une autre stridence montait du fond de la cour, près de l'écurie. Elles étaient deux, qui se répondaient. Une seconde cigale pour notre deuxième entretien.

Toinou a ôté son chapeau qu'elle a posé sur les cageots, a palpé le torchon humide. Tout était prêt, le pichet d'eau, les verres au frais. Il m'a semblé que le tricot n'avait pas bougé de la corbeille depuis la dernière fois.

Elle a arrangé sous elle le coussin sur la paille de sa vieille chaise et, comme il tire-bouchonnait, l'a lancé sur les cageots.

— On est pas bien ici ?

On étouffait. Des gouttes de sueur perlaient déjà dans les sillons de son front. Elle a étalé ses mains sur ses cuisses. Les canaux violets de ses veines s'enflaient sur les os de ses poignets. Elle avait retourné les manches de sa blouse jusqu'aux coudes et sa peau hâlée et lisse, sans poil, était griffée çà et là de fines écorchures.

Elle a sorti l'enveloppe de sa poche. Les oignons exhalaient une odeur franchement rance à la chaleur. Mais j'ai trouvé agréable de respirer ce relent désormais familier.

J'ai installé mon matériel. Elle a disposé sur ses genoux les photos prises par André au Grand-Gillou qu'il s'était empressé de tirer lui-même pendant la nuit. Elle a ri quand elle s'est arrêtée sur celle du trou creusé dans le mur de la grange par son frère Firmin.

— Une fois, mon père lui avait donné trente francs pour s'acheter un costume, il est revenu avec une herse !

Elle brassait les photos comme un jeu de cartes. Les phalangettes de ses deux index déformés obliquaient vers l'intérieur. La corne de leurs ongles formait des plis comme une lave refroidie. Elle avait ajouté d'autres photos au paquet, des plus anciennes sur cartons forts qu'elle triait. Celles-là surtout m'intéressaient.

— C'est lui ?

Elle me regarde, m'interroge des yeux.

— Votre mari ?

Elle hoche la tête.

— Quand il est venu travailler avec vous au Grand-Gillou, il a dû vous ôter de la peine ?

— Oh, vous pensez que oui ! Il était dix fois fort comme mon père, bien sûr, je vous l'ai dit. Et puis il savait travailler, que ce soit pour faire n'importe quoi...

Je lui demande si elle le connaissait quand même un peu avant son mariage. Elle me prend la photo.

Elle le connaissait à peine. Elle me l'a déjà dit. Ses parents venaient de quitter Piégut et ils étaient arrivés métayers depuis un an, aux Chenauds, où on s'est arrêtés la veille, sur la route de Javerlhac. Il n'est pas resté beaucoup avec eux. Il avait vingt-deux ans quand ils se sont mariés.

On a du mal à le distinguer dans le flou sépia du cliché détérioré. Le temps a effacé son regard. On devine une silhouette trapue, un visage carré, un menton fort, une masse de cheveux sombres et épais. Curieusement, le numéro sur le col de sa vareuse est net : *63*. Toinou hausse les épaules.

— La photo a été prise à l'armée. Il avait été dispensé du service militaire à vingt ans, en 1902, parce qu'il était l'aîné de la famille. Puis ils l'ont déclaré bon pour le service actif l'année d'après, en septembre 1903, et incorporé au 63e régiment d'infanterie, où il est resté jusqu'en septembre 1904. On s'est mariés quatre mois et demi après.

Où l'avait-il remarquée ? Elle hausse les épaules. Au bal ou n'importe. Et puis il la voyait passer sur quelle route. Les autres voulaient lui foutre une tournée, mais ils n'osaient pas… Parce qu'il était le plus fort ?

— Oh oh, il n'avait pas peur !

Elle rit. Au bal, sûrement oui, mais lui n'aimait pas danser. Et elle était *folle de danser* !

— Oh là là là, j'aimais ça, moi !

Elle raconte que, quand ils se sont installés à Malaville, il n'y avait là-bas qu'un bal tous les ans. A ce moment-là, leurs drôles n'étaient pas bien grands. François lui a dit, pour lui faire plaisir : « On va y aller ! — Non, non, je veux pas y aller ! Aussitôt que ça commence, tu veux t'en aller ! — Oh, allez, allez, viens donc, j'irai voir aux drôles si y a quelque chose ou s'ils pleurent, ou n'importe… »

Alors ils y sont allés, il l'a laissée jusqu'au matin. Lui jouait aux cartes. Il n'a rien dit.

Elle rit. Oh non, il n'était pas mauvais pour elle...

J'imagine la petite Toinou, maigre, noiraude, les grands cheveux bruns tressés, encore fille et *folle de danser*. Je la vois.

Marie-Claire aussi est folle de danser. Dès ma seconde visite chez elle, à Boisrond, elle m'a invité à l'accompagner avec son frère André au bal du lycée agricole de leur voisin Jean-François, à Saintes. C'était une folie de prendre la route, ce soir-là. Le brouillard était à couper au couteau. Le ciel touchait la terre. La Charente avait débordé. André conduisait. Nous avons passé Cognac sans rien voir. Les phares n'arrivaient pas à percer les fumées mouvantes qui fondaient sur nous et enveloppaient les vignes de Saintonge. Nous nous sommes usé les yeux à chercher le bas-côté de la route dépourvu de ligne blanche. Tout d'un coup surgissait, au ras de l'aile de la voiture, le piquet d'un rang de vigne, ou les branches d'une haie. André donnait un coup de volant.

J'ai tenu Marie-Claire dans mes bras pour la première fois à ce bal à Saintes. Nous n'avons manqué aucune danse. La lumière des projecteurs était très blanche dans la halle de sports du lycée aménagée en salle de bal. A la dernière danse, interminable, le batteur, d'un coup de baguette, nous a commandé de changer de partenaire. A son commandement aussi, le cavalier devait soulever sa cavalière. Je me suis retrouvé avec une imposante femme au bassin puissant, la poitrine volumineuse, qui m'a glissé entre les doigts quand je l'ai prise par les hanches pour la porter. Une gaine rigide et fuyante emprisonnait ses reins jusqu'à la ceinture. Je m'y suis repris une fois, deux fois, elle était lourde, mais j'y suis arrivé. Quel plaisir, pourtant, lorsque Marie-Claire est revenue dans mes bras, légère, fine, souple !

Marie-Claire a le rythme naturel. C'est confortable. Quand nous dansons ensemble, nous nous reposons l'un sur l'autre. Sur le chemin du retour, à trois heures du matin, le brouillard était peut-être encore plus épais. La fatigue pesait sur les paupières. La musique du bal nous assourdissait encore. Les vagues de brume déferlaient comme une mer sur notre pare-brise.

J'ai dormi à Boisrond pour ne pas prendre d'autres risques, seul sur la route, en rentrant chez moi.

Voilà Toinou, paysanne de la Font-du-Breuil au village de Malaville, en train de danser. Elle a trente ans. J'aimerais l'avoir invitée à danser avec moi, à cet âge-là.

On dirait, là aussi, qu'elle se bat. Comme elle y va ! Son énergie, son entêtement à danser comme à travailler, m'impressionne.

Elle a travaillé toute la journée. Elle devrait être fatiguée, à bout. Elle danse, les yeux fermés. Elle tourne, oublie tout.

Elle est hors d'elle.

Son beau visage ovale aux traits réguliers est transporté par la danse. Elle lève le galet lisse de son menton. Elle est un caractère, belle comme on l'est à trente ans. Le crin brun, lourd, de ses cheveux mouillés colle sur ses tempes. Les ombres flottent sur les murs. Les lampions de la grange aménagée en salle de bal alternent ombre et lumière.

Elle a le rythme. Les danses traditionnelles en groupe, quadrille, bourrées, succèdent aux danses en couples, valses, polkas. Elle n'a pas d'arrêt, bat fort du pied, petite, nerveuse, transpire dans son chemisier blanc et sa jupe de toile sombre.

« Feu follet ! » lui a lancé François, tout à l'heure, quand il est venu la trouver entre deux parties de cartes. Elle a ri, est repartie.

Son père l'appelait aussi, parfois, « moineau ».

Elle vole. Elle est libre. Elle a les pas chassés, les rondes, dans les jambes. Les gens la regardent. Certains se demandent si c'est bien normal une femme mariée, deux enfants, qui danse comme ça. Son mari la regarde. Elle est en dehors de tout ça. Cette nuit, elle se moque du monde et de ce qu'il dira.

Elle a mal aux pieds. Le mieux serait de quitter ses souliers. Ses pieds sont habitués aux sabots. Mais ce serait mal vu de danser pieds nus. Un lourdaud, tout à l'heure, lui a écrasé les orteils. Ça ne fait rien. Elle a continué. Il lui a fait un mal de chien. Le mal passe et revient, la relance. Elle est sûre qu'elle a le pied en sang.

Elle est infatigable. Elle se décharge des soucis et des chagrins, les fatigues, le travail, le manger, les sous, les bêtes, le mari, les enfants...

Le manger, le travail, les bêtes, les enfants, le mari.

Valse à l'endroit, valse à l'envers, elle se déleste de son fardeau pour un soir.

La danse l'enivre. Elle reprendra son paquet demain matin, tout à l'heure. Pourquoi n'aurait-elle pas le droit de s'enivrer une fois ?

Valse à l'endroit, valse à l'envers. Elle tourne, vive, légère.

Sourit toute seule.

La musique et la danse l'éclairent.

Moineau, Feu follet, Toinou.

Je scrute sous les cheveux blancs, derrière les plis et les rides de Toinou dans le petit hangar en face de moi, l'autre, sa semblable, sa sœur, la jeune Antoinette, danseuse, joueuse et infatigable. Je voudrais une photo d'elle avant son mariage.

Il n'y en a pas. Pour quoi faire ? Elle était une fille. Ils n'avaient pas d'argent pour prendre en photo les filles !

Elle avait une voisine, qui l'emmenait tout le temps *galoper*. La voisine galopait les gars. Elle, Toinou, *n'y tenait pas*. Elle allait au bal pour danser. Mais quand elle allait au bal à Javerlhac, fallait qu'elle soit de retour pour garder les ouailles. Alors elle aimait autant la moitié du temps pas y aller, parce que... il y avait la messe. Ils mangeaient avant de partir, à neuf ou dix heures. Ils avaient petit-déjeuné « sitôt qu'ol était jour ». Ils déjeunaient à *neuf heures*, et après ils avaient toute la journée, la messe et le bal. Les autres y restaient, mais elle y restait à peine, puisqu'elle devait s'en retourner pour les ouailles, alors ça l'agaçait !

Elle s'arrête, un peu essoufflée. Je remarque les cernes plus bleus autour de ses yeux. Elle sort son mouchoir. La chaleur sans doute, et peut-être les fatigues du voyage de la veille. Elle s'essuie les mains, les joues, le tour des yeux comme pour gommer le bleu.

— La chaleur vous fatigue ?

Elle toussote, rassemble les photos dans les plis de sa blouse, ramène le poignet sous le menton, le mouchoir mouillé en boule dans le creux de sa main.

Un sourire, à peine, frissonne dans les plis de son visage. L'esquisse de la petite Toinou radieuse au bal. Elle *galope* avec sa voisine. Je voudrais qu'elle se soit brûlée aux baisers de son François comme un papillon de nuit à une lampe.

15

Le dimanche, elle gardait les moutons, dès l'âge de sept ans. Elles allaient quatre, cinq femmes, ensemble. Elles s'asseyaient dans l'herbe au bord d'un talus, sur la souche d'un arbre. Les vieilles lui apprenaient à coudre et à tricoter. Sa mère lui taillait des manches pour ses frères dans des morceaux de toile.

L'été, elles allaient dans les chaumes, mais l'hiver elles gardaient dans les grands bois. Elles construisaient un foyer, faisaient du feu. Elles allaient jusqu'à cinq ou six kilomètres, aussi loin que pour la messe le dimanche matin à Javerlhac, à pied tout le temps. Comme pour se rendre à l'école.

Mais, l'école, elle n'a commencé à y aller aussi qu'à sept ans. Son frère a eu son certificat à douze, lui. Et encore, il *faisait* au renard des fois… au lieu d'aller à l'école, il foutait le camp dans le bois.

— Mais une fois, il est rentré à la maison dès quatre heures, oh oh ! Et il s'est fait attraper par les parents !

Ils partaient avant le jour pour l'école. Et la maîtresse les faisait sortir à trois heures et demie quelquefois en hiver, pour qu'ils soient de retour chez eux avant la nuit. Ils étaient *tout à fait au bout* de la commune. Mais il y avait les hameaux sur le chemin.

Ils formaient la troupe. Le curé les attendait des fois, voir s'ils suivaient droit. Il venait avec eux jusqu'à un kilomètre !

Il y avait deux écoles, celle des petits et celle des grands. Les grands avaient quinze ou seize ans. Des cousines de Toinou étaient aussi grandes que leur mère, ah oui. Elles avaient la chance de fréquenter l'école primaire supérieure de Javerlhac. Les bons élèves, ceux surtout qui en avaient les moyens, pouvaient continuer leurs études après le certificat.

Si elle était bonne élève à l'école ? Bouf... elle y allait une fois par semaine peut-être !

La maîtresse s'appelait mademoiselle Lagrandeur. Elle avait trente-cinq élèves dans sa classe les mauvais jours, cinquante les bons. Tout le monde connaissait son secret : elle avait été bonne sœur. Les garçons racontaient des histoires sur elle, sur le chemin de l'école.

Elle était grande, plate, sèche, pas très belle, mais Toinou l'aimait. Mademoiselle n'abandonnait pas les filles qui manquaient, comme elle. Elle leur réservait une place en classe devant, avec les premières.

« Tu vas rattraper, disait-elle. Il faut que tu rattrapes ! »

Elle la gardait en classe pendant la récréation, se penchait sur son livre et son ardoise et la corrigeait.

La lecture et les problèmes rentraient. Toinou a progressé.

Elle aurait eu le certificat comme ses frères si elle était allée un peu plus à l'école. La demoiselle l'a dit à sa mère, chez l'épicière, un dimanche :

« Elle a des moyens, vous savez. Toinou n'est pas démunie. Elle a de la mémoire. »

Mais que vouliez-vous que sa mère fasse ? Il fallait que sa fille garde les bêtes et les drôles !

« Je ne peux pas me passer de toi », lui a dit sa mère.

Oui, Toinou a *beaucoup* aimé mademoiselle Lagrandeur. Souvent elle pense à elle, à son visage long, ses cheveux mal attachés en chignon sur sa nuque comme une grosse pelote de laine...

Il y avait de la tristesse dans les yeux gris de la demoiselle. Elle devait souffrir de quelque chose, l'asthme la tourmentait. Sa voix, ces jours-là, râlait la misère. La classe était plus silencieuse que jamais. On entendait les mouches voler. Elle s'armait de sa baguette en bambou. Les élèves la craignaient.

Toinou n'a jamais goûté à la baguette. Mais elle a souffert de la méchanceté de certaines filles. Celles du bourg, aux bottines à lacets, les bien habillées qui fréquenteraient ensuite le cours supérieur. Ces filles se moquaient de leurs camarades des écarts, petits hameaux lointains, qui ne fréquentaient l'école qu'une fois le temps. Elles se donnaient le bras et ne jouaient pas avec les autres.

Elles sifflaient, ces vipères, quand elles la croisaient :

« Hautefaye ! Hautefaye ! »

La pinçaient, même.

« Gillou ! Hou ! Hou ! »

Elle a été plusieurs fois bloquée dans les cabinets. La porte était fermée à loquet, quand elle avait fini ses besoins. Elle est restée prisonnière pendant toute la récréation. Quand Mademoiselle agitait la cloche, le loquet se libérait. Toinou gagnait les rangs sous les regards moqueurs de toute la classe. Ces regards-là ne s'oublient pas, même quatre-vingt-cinq ans après.

Elle n'a rien dit à la maîtresse. Je suis peut-être le premier à qui elle en a parlé. Il suffisait d'un petit morceau de bois glissé sur le loquet pour le bloquer. Elle l'a compris et n'est plus allée aux cabinets toute seule. Une camarade l'accompagnait et gardait la porte.

Elle me raconte l'histoire de Guillaume, le berger de son livre de lecture. Comme il s'ennuyait à garder son troupeau, il s'est amusé à crier « Au loup ! ». Tous les paysans du village ont accouru avec leurs fourches et des bâtons et se sont aperçus trop tard qu'il se moquait d'eux. Mais quand la meute affamée des loups est arrivée et s'est vraiment précipitée sur son troupeau, Guillaume s'est époumoné et a appelé à l'aide, et personne ne s'est déplacé. Son troupeau a été dévoré.

Elle me récite par cœur les strophes du poème de Victor Hugo écrit au tableau par mademoiselle

Lagrandeur. Toinou l'avait recopié de sa plus belle écriture sur son cahier.

L'enfant chantait ; la mère, au lit, exténuée,
Agonisait, beau front dans l'ombre se penchant ;
La mort au-dessus d'elle errait dans la nuée,
Et j'écoutais ce râle, et j'entendais ce chant.

L'enfant avait cinq ans, et, près de la fenêtre...

Elle se rappelle les noms des filles du bourg. Jeanne Blanchet... elle n'a pas eu de chance, morte en couches à vingt-cinq ans. Louise Turpin... quelle orgueilleuse celle-là ! Son père était charcutier. Elle racontait partout qu'elle était la plus belle de sa communion. Son premier mari a été tué à la guerre. Son second mari, charcutier aussi, a fait deux enfants à sa cuisinière. Les petits de la cuisinière ressemblaient à leur père comme deux gouttes d'eau. Ça crevait les yeux !

— J'ai gardé mes frères au lieu d'aller à l'école. Je préparais le manger.

A douze ans, elle faisait un civet. Elle s'occupait de tout, dépouiller le lièvre ou le lapin braconnés par son père, faire revenir les morceaux, mettre la farine, les lardons, le vin, les oignons, le sang. Elle prépare encore aujourd'hui le civet selon la recette de sa mère.

— Et vous avez qu'à demander ce qu'ils en pensent aux petits-enfants et arrière-petits-enfants !

Elle cuisinait pour toute la maisonnée. Des fois, elle servait toute une tablée d'hommes qui venaient tirer du sable pour la fonderie de Javerlhac.

— Ol était trois francs le mètre cube.

La fonderie avait besoin de sable pour couler ses métaux. Les hommes le tiraient, le tamisaient, et le chargeaient et l'amenaient après. Et elle, elle nourrissait tous *qué* les hommes, à douze ans !

Avec sa mère, elles faisaient la lessive deux fois par an. Elles allaient à Javerlhac à la rivière. A cinq kilomètres !

Elles allumaient le feu sous une grande ponne, un bassin en grès au Grand-Gillou. Elles mettaient le linge à bouillir, parce que les draps de lin, tout ça, avec le temps, y en avait vingt, trente. Et puis les chemises, les culottes. Le lendemain, elles chargeaient tout ce linge que les bœufs transportaient au Bandiat. Et brosse que je te brosse !

Toinou esquisse le geste.

Elles brossaient les cols en toile de coton et les poignets des chemises. Elles lavaient la toile. Et rince ! (Je me souviens de ma grand-mère à genoux au lavoir au milieu des femmes du village, ses cris dès que j'approchais de l'eau, j'étais tout petit, je devais rester en arrière. Je me rappelle les clous sous les semelles des sabots de ces femmes à genoux. Et les boules de bleu que ma grand-mère mettait dans la lessiveuse avec le linge à bouillir. Du bleu pour faire du blanc.)

Toinou et sa mère brossaient des tas, des mouchoirs, des essuie-mains. Y en avait des pleins sacs, trois, quatre grands sacs. Elles lavaient toute la journée ! Et les bœufs retournaient chercher tout ça, le soir.

Elles utilisaient de la lessive ? Eh ben, *des cendres* ! Des cendres qu'elles avaient emportées dans des sacs.

Autrement, pour la petite lessive, elles allaient plus près, à un lac ! Quand elle a été mariée, le père de François lui a fabriqué un grand baquet. Alors elle a pu laver à la maison. Sinon, y avait les lacs, les trous d'eau. Les femmes lavaient les bricoles dans *queu* trou, mais c'est pas propre, un lac dans un village, parce que le lac, y a toutes les saletés du village.

— Les bêtes ?

— Oui, les moutons, les bœufs, les chèvres, les poules, les canards, ça passait tout le temps. Alors on allait plus loin, à un bois, on lavait là. Comment vouliez-vous faire ?

Elle grimace, bricole le bouton du col de sa blouse sous son menton.

— Ah, je vous dis que je ne voulais pas y rester, dans queu pays !

— Le pays des cannibales ?

— Oh oh !

Elle acquiesce.

— Mais qué les là qui y sont, les cousins, ils y sont ben restés !

Avait-elle déjà fait le voyage en Charente, avant de déménager ? Pas jusqu'à la Charente des vignes. Des voisins l'avaient amenée en voyage, à Angoulême, par le train. Sa tante s'était gagée servante chez des monsieur Bruneau, qui avaient une propriété tout près d'ici, à Châteauneuf. Elle *y a resté* jusqu'à son mariage. Eh ben, Toinou aurait voulu y venir aussi. Sa tante lui avait trouvé une place. Elle avait douze ans. Sa tante aussi était partie, vers *douze ans*.

Elle secoue la tête.

— Mais chez nous n'ont pas voulu... Ils n'ont pas voulu que je vienne !

— Alors que vous aviez la place ?

— Oui, et une bonne... Servante !... Je vous garantis que j'avais envie de m'arracher de là !

Le camion-citerne recule lentement dans la cour. L'entrée de la ferme est étroite pour un véhicule comme ça. Le chauffeur passe la tête à la portière.

Les camions de cognac rutilent toujours, comme neufs. L'aluminium de la citerne illumine le hangar. Les larges trains de pneus laissent dans la poussière les dessins de leurs empreintes.

Robert est sorti. Le chien le suit. Je n'avais pas encore rencontré le chien.

Le chauffeur salue Robert de la main. Toinou ramasse les photos et les range dans sa poche. Les éclats de lumière métalliques éblouissent. Elle se protège, la main en visière. J'arrête mon magnétophone.

— Vous pouvez aller voir, si vous voulez, dit-elle.

Je reste à côté de Toinou. Le camion s'accule aux piliers du magasin. Robert ouvre les portes du chai.

Voir la distillerie, les cuviers, les fûts du Renclos. J'aime les cuivres de l'alambic, les formes mystérieuses de la cornue, le col-de-cygne, les mots du bouilleur de cru, le brouillis, la bonne chauffe, comme des termes d'alchimie.

Il y a au fond du chai de Boisrond, sous les toiles d'araignée lourdes de poussière noire, une petite chaudière à bois de deux hectos où le grand-père de Marie-Claire et sans doute son arrière-grand-père ont distillé leurs cognacs 1900. Les joints des briques coulent en poussière devant la porte dégondée du foyer. Les vieux cuivres oxydés ont les reflets des yeux de Toinou. J'aimerais qu'on remette en état le vieil alambic. Le grand-père de Marie-Claire et son arrière-grand-père avaient leur lit dans la distillerie pour recharger en bois le foyer de la chaudière, surveiller la pression, ouvrir et fermer les robinets. Quand je bois leur vieux cognac, je bois les jours et les nuits de ces hommes de vignes et de chais. Pendant les deux à trois mois de la distillation, en hiver, leurs femmes pouvaient bien avoir froid. Elles ne les avaient pas dans leurs lits. Ils les trompaient avec leur alambic. Ils respiraient le cognac. Ils transpiraient le cognac. Leurs chemises de jour et de nuit sentaient le cognac. Ils dormaient dans les vapeurs de cognac.

Je crois que la grand-mère de Marie-Claire venait rejoindre son mari dans le chai de chaudière. On dit dans la famille que c'est cette femme de fort tempérament qui aurait surtout distillé le cognac 1920. J'imagine que c'est là, dans la chaleur et l'enivrement de la distillerie, qu'ils ont fait son père. A présent, c'est l'autre chaudière, automatique, au gaz, d'une capacité de dix hectos, qui distille le cognac de la propriété.

Le camionneur déroule son tuyau vers le chai. Les hommes se parlent dans la cour. Toinou découvre le pichet d'eau.

Ses pommettes sont rouges. Elle respire fort. Je suis en nage, moi aussi. Je cherche le soleil dans le ciel mais il n'y a pas de soleil, seulement une lumière aveuglante.

Elle se racle la gorge, s'essuie les ailes du nez. Le mouchoir tire sur sa peau. Les rides bougent. L'eau est plus fraîche que l'autre jour.

— Mon Dieu, soupire-t-elle, comme pour remercier.

Le chauffeur est monté sur la remorque du camion. Il ouvre des trappes, des clapets. L'air s'imprègne d'effluves de cognac. Mais c'est peut-être moi qui invente l'odeur.

— Il vient chercher le jeune cognac des Mitterrand, le compte cinq, le cognac qui a cinq ans.

Le moteur de la pompe ronronne. Le tuyau vibre.

16

Elle remplit à nouveau mon verre. Sa langue claque. Les deux hommes disparaissent dans le chai.

Il n'y a plus que le ronronnement de la pompe, la lumière et la désormais exquise odeur des oignons.

— Est-ce que ça gêne ? demande-t-elle en replaçant le torchon.

— Non.

Elle a envie de continuer. Je suis sûr qu'elle a ruminé tout ce qu'elle me confie. Elle a tout passé en revue. Forte sur les lieux et les dates, elle a la mémoire de tout. Le grand âge n'a rien abîmé, au contraire.

Elle a une tête magnifique, Toinou. Les gens et les choses y sont rangés, intacts. Ils attendaient. Ils m'attendaient. Elle déroule.

Je voudrais savoir s'ils ont « manqué » pendant la guerre de 14.

— Manqué de quoi ?

Elle regarde ses mains.

— Non... il y avait du lait... Et puis, c'est pas comme en ville, celui qui vit dans les champs...

Ils faisaient venir des poulets, des canards, des...

— On est pas *malheureux* quand on a... quand on a une propriété en Charente, enfin quand on est dans une ferme...

Ça, du travail, oui, ils en avaient ! Son père était... il était *vadrouille* un peu. Il n'était pas délicat. Il ne savait pas traiter les vignes. Alors le patron, monsieur Delisle, avait une grande propriété là, à... en bas de Cheville, dans *queu* fond, de l'autre côté. Eh ben, ils *allaient faire les vendanges à Cheville pour qu'eux viennent traiter*. Eux venaient droguer un jour peut-être, et elle allait avec son père *quinze jours* faire les vendanges là-bas. Ils partaient le matin, revenaient le soir. Et ils ne recevaient rien !

Elle pince la lèvre sur le côté, le côté droit. C'était un échange. Drôle d'échange, oui !

— Le monde faisait *point payer* dans queu temps !

Elle pense à Emile, le frère de François, qui venait les aider quelquefois.

— « Holà, que disait ma belle-sœur, quand Emile vient travailler chez vous à Saint-Simon, il est le plus heureux du monde ! »

Il est revenu dans les années 60. Toinou ne pouvait seulement pas marcher, elle qui avait tant marché. Elle ne savait pas ce qu'elle avait.

— Il voulait que je le prenne.

Elle lui a dit : « Ecoute, nous sommes trois vieux, René, Marguerite et moi. Je ne peux plus marcher, les autres tiennent debout comme moi. Veux-tu que je prenne un quatrième vieux ? Que veux-tu que je fasse ? Je peux pas te prendre. » Eh bien, sa bru l'a mis à l'hôpital.

— Je vous garantis qu'il a pas vécu longtemps !

Mais enfin, il était chez lui, il était en retraite, il avait travaillé aux chemins de fer, il pouvait vivre chez lui, quoi !

Eux, les Besse, ils étaient métayers. S'ils avaient vingt sacs de blé, ils en donnaient dix, et de tout. S'ils gagnaient cent francs, fallait donner cinquante.

— René, mon fils, donnait même aux « patrons » la moitié des allocations familiales de ses enfants !...

C'était normal, ça ? Elle soupire.

Dans le temps, un cochon ne se vendait pas vingt francs. Encore sa mère fricassait le... elle faisait une friture sur des patates pour que les cochons la mangent, pour qu'ils profitent mieux.

Petit rire.

Et un mouton, ça valait trois francs. Eh bé... une fois, sa mère... y avait la voisine qui était venue veiller – parce que, dans le temps, ils allaient souvent casser les noix, ils veillaient comme ça les uns chez les autres –, ils étaient là, ils s'endormaient et, tout d'un coup, sa mère dit : « Quatorze merdes pour Balotte ! Quatorze merdes ! » Balotte était le marchand de Javerlhac. Il voulait lui payer quatorze francs le sac de noix. Et à cette époque, c'était pas cher. Quatorze merdes !

— Quatorze francs, c'était, *c'était rien*, quoi.

Elle rit.

L'argent servait à acheter des vêtements ?

— Oh vous pensez, presque jamais. On changeait point de tenue. On avait des affaires qui duraient. Oh, et puis moi, jamais je me suis bien préoccupée de toilette. Je m'occupais des autres, mais moi, o m'est égal. J'ai des affaires, j'ai le manteau de ma mère !

— Vous portez aujourd'hui le manteau de votre mère ?

— *Oui*, c'est celui que je m'habille... le dimanche. Et il y a quarante ans qu'elle est morte ! Elle est morte quand Robert est né. J'avais dit à Marguerite : « N'écrivez pas à ma mère que vous êtes encore enceinte, ça va la tracasser ! » Parce qu'avec tous qué les drôles !... Elle lui a écrit. Ma mère m'a dit : « Antoinette, tu n'as *pas fini*, et en voilà un autre qui arrive chez ta bru, et encore un autre ! » Alors ça l'a *fini de tuer*. Elle m'avait donné son manteau, je l'ai encore. Et j'ai des robes de vingt ou trente ans. Vous savez, à l'époque, on était toujours en noir. On portait le deuil pendant sept ans, le demi-deuil après le grand deuil, puis le quart de deuil. Alors on était toujours en deuil. Que je m'achète des robes ? Pour quoi faire ? Je sors pas. Pour aller à Linars ou Jarnac, j'ai bien ce qu'il me faut. J'ai jamais été chez le coiffeur, ni mettre de poudre de riz, ni de rouge, jamais j'ai mis de ça. Je me suis jamais tracassée pour moi.

Elle a eu une bonne santé, n'a pas été souvent malade.

— J'ai eu la grippe espagnole à la fin de la guerre. Il en est mort pas mal. Mon pauvre ami, quand vous avaliez la salive, toutes vos côtes, toute la colonne vertébrale, o passait comme ça, là. Et puis on crachait du sang *aussi écru* !

— Vous crachiez du sang ?

— Ah oui ! Je me disais : Il doit pas y en avoir pour bien longtemps…

Elle rit.

— Mais ça me faisait rien de mourir.

— Vraiment ?

— Jamais ça m'a rien fait. Jamais j'ai eu peur.

— Pourquoi ?

— Eh bé, je sais pas… *jamais.*

— Parce que vous croyez au bon Dieu ?

— J'en sais rien, je sais pas. Quand j'ai… je m'ennuie *bien*, que j'ai du malheur, faut que je marche, *faut que je marche, faut que je marche.* C'est pas à me laisser pleurer là. Je sais pas ce qui me pousse à marcher. N'en sais rien, je n'en sais rien.

— Il faut que vous fassiez quelque chose…

— Tant plus je m'ennuie, *tant plus faut que je marche* ! Je sais pas, je sais pas ce qu'ol est. Parce que j'en ai eu, des embêtements, mais… y a rien à faire. Ah, c'est sûr…

Toinou soupire, frotte ses mains, me fixe avec son petit rire nerveux. Ses yeux semblent absorber la lumière comme s'il y avait quelque chose en elle qui avait besoin d'être cautérisé.

Elle essuie ses paupières. Les voix des deux hommes qui sortent du chai se mêlent au bourdonnement de la pompe. Le camionneur escalade à nouveau sa remorque. Je crois entendre la stridulation de la cigale.

Une ombre glisse dans le blanc du ciel. Un pigeon file et s'enfonce comme une flèche dans le trou de son nid. Un second s'engouffre derrière aussitôt. Le couple qui dormait sur la pierre n'est plus là.

Le mouchoir de Toinou est abandonné sur ses cuisses. Elle regarde ses paumes, croise les doigts comme une femme en prière.

17

Elle se rappelle que toutes les femmes enceintes mouraient de la grippe espagnole. Des jeunes femmes, comme ça, qui attendaient un enfant...

Le fléau de la grippe a frappé au lendemain de la guerre. Comme si les millions de morts de la grande tuerie ne suffisaient pas. La maladie n'a pas trié entre les vainqueurs et les vaincus, sur des territoires épuisés par quatre années de conflits. L'épidémie a fait trente millions de morts, autant que la peste noire, s'est transformée en pandémie jusqu'aux territoires de Chine et des Etats-Unis. On a dit « la grippe espagnole ». Le virus aurait, suppose-t-on, éclos dans une tranchée anglaise du côté de Rouen, au printemps 1918.

Sa cousine portait des raisins à Toinou – ça devait être vers le mois de septembre. Brrr, ça pouvait pas passer. Sa mère cherchait tout ce qu'elle pouvait pour la soulager. Toinou se disait : Fi de garce, o va bientôt finir quand même, o va bientôt claquer sans doute, non ?

— Vous disiez ça ?

— Ah oua...

Elle rit.

— Ah non…

Elle tousse.

Elle a beaucoup toussé pendant l'hiver dernier. Le médecin est venu. Il lui a donné du sirop. Tousse, tousse, tousse, toute la nuit à *tousser.*

« Votre sirop ne me fait pas grand-chose !

— Attendez, je m'en vais vous donner des suppositoires… »

Il lui en a donné à prendre pendant dix jours, matin et soir. Le rhume lui a monté dans… *dans la tête,* elle ne sait pas quoi, ses cheveux ont tombé.

— Voyez, ils ont presque tous tombé.

Ce n'est pas vrai. Elle a encore les cheveux épais, très blancs, une mousse indocile qu'elle renvoie en arrière et discipline avec des pinces sur les côtés. Elle est magnifique. Le charme d'un grand âge.

Elle rit. Le médecin a dit : « Vous toussiez quand je suis venu, et vous tousserez encore quand je serai parti ! »

Je l'interroge sur ses autres souffrances. Elle a longtemps souffert des dents quand elle était plus jeune. Le mal de dents, mal des petites gens, mal des pauvres sous-alimentés. La douleur lui prenait toute la tête.

— Je me mettais sur une marmite pour être au chaud dans la fumée.

Le dentiste était à Cognac ou Angoulême. De toute façon, c'était trop cher. Elle a fait un phlegmon à la joue, l'a enveloppé de compresses. Ils étaient à Malaville dans ce temps. Les compresses l'ont toute brûlée.

Elle montre sa joue, sa mâchoire.

Sa mère a fait venir le médecin. Il a dit : « Je vais vous arracher la dent. » Il l'a arrachée. Du pus a sorti, *de tout*. Le lendemain, elle avait encore plus mal.

Le médecin est revenu. Il s'appelait Marchand, c'était la frairie de Malaville, la kermesse. Marchand était le médecin de tout le monde. Il venait chez Toinou quand il voulait du beurre ou des pommes de terre pour lui et son père et sa mère.

« Eh bien, ma petite, il faut que je t'incise, là.

— Eh bien, allez chercher le bistouri, et faites ce qu'il y a à faire ! »

Les voisines qui étaient là pour l'aider se sont sauvées. Toinou a sorti une serviette de l'armoire et s'est assise sur la chaise.

— Alors il m'a coupé la joue. Eh ben, mon vieux ! Un plein verre d'eau, qui logeait dedans ! Vous avez qu'à voir si y avait quelque chose !

Elle tire sur sa peau, palpe sur sa joue le bourrelet de la cicatrice, qu'on voit encore.

Le moteur de la pompe s'arrête. La cigale chante. Les deux cigales. Le camionneur range ses tuyaux.

Toinou s'incline.

— Une sorcière !

Un tourbillon de poussière glisse à l'arrière du camion, s'élève et s'envole comme un ange.

Les sorcières sont fréquentes en Charente. Un après-midi, j'en ai vu une sur la prairie d'Angeac. Ça devait être au début des vacances. La grande pièce du milieu venait d'être fauchée. Le foin sec était retourné et aligné. Ne restait qu'à botteler. La sorcière a surgi soudain. Je l'ai entendue ronfler. Je ne savais pas ce que c'était. J'ai cru d'abord à un moteur sur la route ou un avion derrière les arbres.

Et j'ai vu sa colonne allongée jusqu'au ciel. Elle bougeait, vivante, emportée par son mouvement de rotation.

Elle s'est avancée, a enfilé un andain qu'elle a remonté sur toute la longueur de la grande pièce, deux cents mètres, et n'a presque rien laissé. C'était formidable et beau. Sa gueule ronde aspirait le foin qui tourbillonnait et montait, montait. Pour aller où ?

La campagne, ailleurs, était immobile. J'étais tout près en balade sur le chemin blanc de la pointe de Tourtron. La sorcière a continué, sauté les peupliers, dont les branches ont été agitées. Les feuilles ont volé. Elle a enjambé le fleuve et disparu comme elle était venue. J'en ai parlé à Marie-Claire, qui s'est contentée de dire : « C'est une sorcière. On en a tous les étés. »

La Charente, pays de sorcières... J'ai pensé au paysan arrivant dans la prairie avec son tracteur et sa remorque et trouvant son champ pillé.

Il me semble qu'on respire un peu mieux depuis tout à l'heure. Je n'avais pas remarqué que Toinou soufflait aussi fort la dernière fois.

— Vous n'avez pas trop chaud ?

Je l'embête, avec mes questions sur la chaleur. Elle a les pieds croisés sous sa chaise, les pointes des souliers dans la terre battue du hangar. De grands pieds pour une petite femme, de grands pieds et de grandes mains.

— Voulez-vous boire ?

— Non, merci.

La ligne de lumière qui vibre sur les tuiles de la grange et du porche est une ligne de feu. C'est tout de même une folie d'être assis là, en pleine chaleur, quand on a quatre-vingt-douze ans.

— On arrêtera quand vous voudrez.

Elle secoue la tête. Un éclair moqueur traverse sa prunelle.

— C'est peut-être trop pénible pour vous ?

Les deux hommes palabrent à l'ombre du camion. On dirait qu'ils cherchent la cigale dans l'amandier.

Un jour, ma grand-mère m'a surpris à chasser les grillons dans sa cheminée. J'avais six ou sept ans, pas plus. Je grattais dans les rainures et les trous entre les pierres et les briques et sous la plaque en fonte avec une paille. Ma grand-mère a levé la main. Elle ne m'avait jamais battu. Elle ne me parlait jamais sur « la grosse dent ». Elle me paraissait grande, ma mémé Lise, le bigorneau de son chignon bas sur la nuque dans une résille. « Qu'est-ce que tu fais, petit malheureux ! Tu veux que ma cheminée s'arrête de chanter ? Mes grillons sont chez eux. Tu veux m'enlever mes porte-bonheur ? » J'ai secoué la tête, honteux. J'ai jeté la paille dans la cheminée, me suis précipité dans ses cotillons. Je pleurais. Elle ne m'a jamais frappé, mémé Lise.

Le camionneur démarre son camion, la vitre baissée, son coude à la fenêtre. Robert continue de lui parler. Le camion s'ébranle lentement.

L'homme, qui nous a vus, klaxonne un petit coup pour saluer. Toinou se penche et agite la main.

— Jean Berton, de Saint-Amant ! dit-elle. Je l'ai connu gros comme une bisse. Une « bisse », vous savez, ces tout petits oiseaux, moins qu'un moineau. Sa mère le poursuivait avec une assiette pour le forcer à manger…

18

Je m'étonne qu'elle n'ait pas eu peur de mourir. Est-ce qu'elle était prête à abandonner ses enfants, son mari, ses parents, sans regret, comme ça ?

— Non, vous savez quand on... mais je sais pas, être *embêtée* tous les temps de sa vie... bah...

— Vous étiez malheureuse ?

— C'est *pas* que j'ai été plus *malheureuse* que d'autres, mais enfin, je sais pas, c'est pas une vie.

— Trop de travail ?

— Toujours, tout le temps, tout le temps, *tout le temps*, jour et nuit ! Jamais eu de vacances. Oh des fois, j'allais chez ma mère, passer deux ou trois jours. Ça allait.

Elle indique du doigt une autre sorcière, plus modeste, qui monte de la cour, passe près de l'arbre, agite les branches.

Elle reconnaît qu'elle ne se craint pas, elle. René, son fils, se craint pour faire quelque chose. Elle, ça ne lui fait rien, rien du tout. Elle rit.

— Je fais n'importe quoi. J'ai bêché au moins un journal de terre cette année.

— Vous pourriez vous reposer, maintenant.

— Je ne *peux* pas.

— Vous êtes droguée au travail.

— Faut que je travaille, que je tricote, que je *fasse*. Tant que j'ai à tricoter, ça va. Je peux pas rester une journée comme ça, à me parlasser, à rien faire, je peux pas. Il faut que je fasse quelque chose. N'importe quoi. Je peux pas…

Elle soupire, se tait. Je la regarde. J'aime la regarder. Quelquefois, j'aurais envie simplement de la regarder. Ce petit bout de femme me touche et m'impressionne. Mais ce sont ses yeux à elle qui, alors, m'interrogent et me demandent : « On continue ? » Alors je continue. A-t-elle trouvé de la différence, entre la Dordogne et la Charente ?

C'est pas pareil. Le monde vit pas pareil. Oh non…

Quand ils sont arrivés à Juac, ils ont été plus libres. Ils avaient une voisine qui allait au marché de Jarnac. Si elle avait des poulets à vendre, ou n'importe, Toinou montait avec elle. La voisine faisait sa tournée avec une bourrique, un bourricot. Elle vendait des sardines, du poisson, des choses comme ça… Et puis, l'épicerie de Saint-Simon était tout près. Tandis que pour acheter un kilo de sucre en Dordogne, à Javerlhac ou Lafarge, il fallait faire cinq kilomètres. Et tout le temps !

— Je vous le dis, j'ai fait le tour du monde à pied ! Aussi, si les genoux me font mal, ça ne m'étonne pas !

Elle s'incline vers moi. Le monde aujourd'hui, ils ont *trop*. Ils sont *trop heureux*, le monde. Quand elle voit *gassiller* de l'argent comme ça, à rien... Dans le temps, ils n'avaient pas d'argent. Ils donnaient une douzaine d'œufs pour avoir le kilo de sucre ! Une sardine, c'était deux sous ! Mais fallait les avoir pour acheter !

Quand ils sont partis de Juac pour s'installer tout seuls à Malaville, son mari avait cinquante francs par mois et ils se nourrissaient tous les trois. Fallait pas s'écarter. Sa mère lui avait donné vingt francs, un vieux buffet, et puis cette table qui est dans le petit hangar. Le patron de Malaville leur a vendu les lits.

— J'étais contente, trente francs qué les deux lits. Ol était pas cher.

Y avait les rideaux, la paillasse... Elle ne sait pas s'il y avait un lit de plumes, ne s'en souvient plus. Mais ils étaient comme elle les prenait : ils avaient servi. Et en passant à Châteauneuf, vers l'église là-haut, elle a repéré trois chaises. Une – ce n'est peut-être pas celle-là, mais enfin elle était comme ça, petite, comme celle où elle est assise –, et une autre qui lui a coûté trois francs, et l'autre quatre francs. La plus chère était un peu plus jolie.

Sa main glisse en caresse sur les montants de sa chaise avec un bruit de corne râpeuse. Et elle remonte le temps, retourne en arrière, à Juac.

Un cyclone a passé, dit-elle, alors qu'ils étaient encore à Juac. Juste avant qu'ils déménagent à Malaville. Son mari était à faire ses vingt-huit jours à Limoges. Son père et sa mère étaient avec elle dans les vignes. Il y avait déjà eu un orage la veille. Il n'y avait qu'un petit nuage, un tout petit nuage. Tout d'un coup, on aurait dit que c'était la nuit. Le vent s'est mis à siffler. La pluie à tomber. « Va-t'en vite voir si ta grand-mère a peur ! » lui a commandé sa mère. Sa grand-mère gardait le petit René à la maison. Toinou a couru dans le rang de vigne. Les peupliers du bord de la Charente se balançaient et commençaient de tomber les uns sur les autres. Elle a sauté le petit mur du clos. Sa grand-mère accotait un contrevent avec sa tête ! « Rentre à la maison ! Rentre vite, vite ! » lui a crié Toinou. Elle n'y voyait plus rien, rien. Il y avait une maison, un petit château charentais à côté de leur ferme. Les rosiers s'envolaient. L'eau descendait à seaux par l'escalier de la terrasse. Aux Plantes, là-bas, où ils travaillaient à la vigne, son père et sa mère s'étaient réfugiés dans la maison de la propriété, les ouvriers s'attrapaient aux piliers, autrement ils auraient été emportés. Heureusement, les blés avaient été ramassés. Mais les vignes, le maïs…

— Ol avait dépapoté le garouil !

On le dit « garouil » en Charente, le maïs. Les champs de maïs avaient été pilés, les poupées arrachées. Ce cyclone a marqué les esprits. J'ai interrogé le père de Marie-Claire, qui n'était pas né mais qui m'a dit que sa mère avait vu la Guirlande, le tranquille ruisseau affluent de la Charente qui passe à Ortre, grossir d'un coup en torrent et emporter les maisons de Chez-Guignard avec leurs habitants.

Toinou revient au travail des champs, au progrès à leur arrivée en Charente. Les Besse, qui moissonnaient encore à la faucille au Grand-Gillou, ont découvert une machine qui tournait les brassées. Il suffisait d'atteler les bœufs.

— La machine faisait ça...

Toinou tourne les bras comme un moulin.

— ... et la troisième fois, elle renvoyait la brassée. Ça faisait déjà beaucoup moins de *peine*.

Ensuite, il n'y avait plus qu'à porter les brassées et les lier. Puis faire les quintaux, puis venir les chercher...

Elle sourit, ouvre la main comme pour attraper quelque chose, rien, peut-être une hallucination, un grain de poussière sous le hangar.

— C'est du sérieux ?

C'est Robert. On ne l'a pas vu venir. Elle sourit à son solide petit-fils. La photo n'était pas nette, mais il me semble tenir beaucoup de son grand-père François. Il a un cou épais, pas très grand, charpenté, carré comme lui.

Il est en short, socquettes retournées sur les brodequins poussiéreux. Certains ont prétendu qu'il ne se mariait pas parce que sa grand-mère le couvait comme un drôle. Il a eu une petite amie, il y a deux ou trois ans. Ils se sont installés un moment ensemble. Et puis il est revenu manger à la table de Toinou.

C'est lui qui fait maintenant la beunasse, la propriété des Mitterrand. Le destin et la France ont voulu que la cour du Renclos devienne la piste d'atterrissage de l'hélicoptère présidentiel. Quand François Mitterrand rend visite à son frère Philippe, le « patron » des Besse, son appareil se pose à l'abri des murs de la ferme. Ça arrive assez souvent. François a de l'affection et de la curiosité pour son frère « paysan ». Il retrouve avec lui la Charente de ses parents vinaigriers, la France des villages et des clochers. Ça se passe presque incognito. Seuls quelques motards sur la route et deux ou trois voitures noires sur la place de l'église de Saint-Simon trahissent la présence de l'hôte particulier. Le Président passe directement chez son frère par la porte du porche au fond de la cour. Il s'est avancé pour serrer la main de Toinou plusieurs fois.

Je lui ai demandé si elle en était fière. Elle a haussé les épaules et m'a raconté l'histoire du maçon Périllas, sur son échafaudage de la maison en construction d'Antoine, le fils de Philippe Mitterrand. Périllas a vu s'avancer un homme à chapeau et costume blancs dans la cour.

« C'est qui, ce plâtrier ? » a-t-il demandé tout haut, en continuant d'activer sa taloche sur le mur.

L'homme s'est découvert. C'était le Président, en visite au chantier de son neveu.

— Il a payé une belle porte d'entrée à Antoine ! a ajouté Toinou en riant.

J'ai été convaincu, sans qu'elle me le dise, qu'elle avait voté pour l'enfant de la Charente à la présidentielle de mai.

Philippe Mitterrand n'a pas eu les ambitions de ses frères. Le père de Marie-Claire et lui présidaient ensemble les sociétés de chasse d'Angeac et de Saint-Simon. Le « patron » des Besse s'est tenu au fond de l'église à notre mariage, le physique imposant, plus grand, plus puissant que son frère François. « Monsieur Philippe », comme disait Toinou, ne voulait rien d'autre que vivre « ben aise » en Charentais tranquille, à l'ombre des murs épais de sa maison.

Il était lieutenant de louveterie. Son frère l'a fait « administrateur des chasses présidentielles ». Il a planté une truffière sur la côte de Saint-Simon. Peut-être la première sur les collines charentaises. Pourquoi la truffe et le cognac ne feraient-ils pas bon ménage sur le calcaire d'Aunis et de Saintonge ?

Pionnier en la matière, il a accompagné Robert, qui creusait les trous pour les chênes. D'autres l'ont imité. Les truffières se sont multipliées au milieu des vignes. Le marché aux truffes de Jarnac est florissant. Et la saveur de la truffe charentaise n'a rien à envier à son aînée du Périgord.

La vue est belle à partir de la côte de Saint-Simon. La petite Champagne déroule ses collines vers la vallée de la Charente. Le village de Moulidars dresse son église et son château sur la hauteur.

— Je vais relever dans la grande pièce ! dit Robert.

Relever les rameaux de vigne, les entortiller autour des fils.

Le chien accourt, aboie à peine, wouf, wouf. Il détourne la tête et décrit un cercle pour passer loin de moi. Il cligne des yeux comme si la lumière le faisait souffrir et tend son mufle à Toinou.

Elle frotte le dessus de la tête du chien. Il retrousse ses babines et dévoile ses crocs blancs étincelants.

— Tu n'auras pas trop chaud dans la grande pièce ?

Robert sourit. C'est sa grand-mère qui se soucie de savoir s'il aura chaud !

— Allez, tu viens, Tom ?

Le chien est sur son derrière, la tête sous la main de sa maîtresse. Ses yeux vont de Toinou à Robert. Elle repousse doucement son mufle. Un gémissement plaintif, comme un appel, monte de la gorge de Tom.

— Non, lui dit-elle. Va avec Robert !

Le chien se lève, décrit le cercle qui m'évite, un beau jeune chien de berger, noir et fauve. Je n'ai jamais été à l'aise avec les chiens. Il n'y en a eu qu'un chez ma mémé Lise, Loulou. Nous allions chercher les vaches avec lui et Monique au champ de la Grue. J'ai aimé Loulou. J'avais cinq ans, six ans. Il me semblait qu'il m'attendait quand j'arrivais chez Lise. Il dansait autour de moi.

19

Robert est parti. Tom, à la traîne, se retourne pour vérifier si on se décide à les suivre. Il fait durer en reniflant le pilier d'entrée de la cour.

Toinou cherche dans la poche de son tablier, en retire l'enveloppe des photos qu'elle ouvre de nouveau.

— Là, c'est mon mari à la guerre.

Ils sont quatre soldats, sans doute au repos.

La photo est petite, cartonnée, sépia, les coins cassés. Le mari de Toinou est au milieu, assis sur un fût, une serviette autour du cou. Sa figure est enduite de mousse à raser. Son camarade, d'un côté, tient le blaireau, l'autre, à droite, le rasoir et le bol. Le troisième, derrière, est coiffé d'un calot.

Ils sont tous impeccables, moustaches, vareuses, molletières. Mais ils ne rient pas. Ils ne sont pas très jeunes, tous dans la force de l'âge. Ils regardent le photographe. Un vélo est appuyé à la cabane derrière eux.

François Besse était sergent.

— Ol était un homme... comme... y en a pas beaucoup...

Elle se tait, avale, l'émotion à fleur de gorge, passe comme égarée aux derniers jours de François. Une fois, il a pas su atteler leurs vaches. Il en a sorti une, il a pas pu l'atteler. Elle lui a dit :

« Nous voilà bien ! »

Et puis :

« Laisse. On va prendre l'autobus et aller voir le médecin. »

Alors, ils sont allés chez Marchand. Il a dit que c'était l'effet de l'âge. L'âge ? Un homme comme ça !

Il lui a donné des médicaments, et après, son mari... Elle voyait bien, depuis longtemps, qu'il s'en allait.

René disait : « *Et mon père*, il a pas fait ci, *et mon père*, il a pas fait ça ! » Elle lui a dit : « Laisse ton père, pour quatre jours qu'il a à vivre, laisse-le donc tranquille ! Qu'il fasse ce qu'il voudra ! S'il peut rien faire, qu'il fasse rien ! »

A-t-elle eu une pension de victime de guerre ?

Ah non ! Non ! Elle a demandé, mais ils lui ont dit que c'était fini. Alors qu'il avait été blessé deux fois, et enfin gazé ! Ils lui ont répondu – elle récite par cœur – que son affection était « sans relation médicale établie avec une blessure ou une maladie contractée ou aggravée au service »...

— Aujourd'hui, on est plus gâté...

— Oh, trop gâté ! *Tant plus ils en ont, tant plus ils en veulent !*

— Vous auriez mérité davantage.

— Mérité ? Non, non… travailler comme tout le monde, mais pas…

— Pas autant ?

— Pas être *obligée* de dire : « Faut que je fasse ça, faut que je fasse ça, faut que je fasse ça ! »

— Dès que vous aviez fini d'un côté, il fallait commencer ailleurs.

— Il *faut* commencer autre chose. A présent que je suis vieille, je vois que ma bru n'a pas de force. Elle peut rien aller chercher dans les champs. Elle est venue l'autre jour cueillir quatre fayots, elle s'est assise, elle n'en pouvait plus. Eh, que voulez-vous qu'elle fasse ? Alors, c'est moi qui vais z'ou ramasser. Si elle veut les ramasser, il faut qu'elle se plie les mains, si elle veut faire quelque chose, les mains lui font mal. Les yeux lui font mal, l'estomac lui fait mal, les pieds lui font mal. Que voulez-vous que je me plaigne !

— Vous souffrez moins qu'elle ?

— Eh… j'ai la peau dure !

Un jour, une charrette lui est passée dessus deux fois, et ne l'a pas tuée. A Haute-Moure, pendant la guerre de 14. Elle était aux betteraves avec son père et sa mère. Ils avaient enlevé les montants de la charrette. Les vaches habituées à ce qu'on les attelle étaient tranquilles. Elle voit une betterave sous la charrette devant la roue. Elle se penche pour la ramasser. A ce moment, son père pousse les vaches. La charrette lui passe dessus. Sa mère voit qu'elle est dessous. Elle crie. Et court devant. La charrette recule et repasse sur Toinou...

— Je sentais mon nez qui bougeait dans la terre ! La charrette lui roulait droit sur le dos. Toinou était tombée sur le ventre. Elle s'est relevée. Sa mère a voulu dételer... Toinou a dit : « C'est rien ! »

— La charrette n'était pas chargée ?

— Eh ben, elle était pas *pleine.*

Toinou rit. Sa résistance l'amuse. Elle choisit une autre photo. Celle-là plus récente. La date est écrite au dos : *1960.*

Une tribu d'une bonne douzaine est rassemblée autour d'une cuve devant le mur du clos. C'est la fin des vendanges, me dit-elle. Deux filles sont montées sur la remorque, un homme assis au bord, la hotte sur le dos, tient un jeune garçon sur les genoux. Les autres s'alignent devant, chapeaux de paille, grands tabliers. Les femmes, sécateurs dans les mains.

— Celui-là, c'est Pierrot, mon neveu des Coders, venu exprès pour les vendanges. A côté, sa jeune femme, Aline.

Elle me demande si je connais le cri des vendangeurs pour la gerbaude, le dernier repas des vendanges. Oui, le père de Marie-Claire me l'a appris : « A l'oie ! A l'oie ! » Ils voulaient manger de l'oie.

— Celle-là, c'est Marie Tricoire, la voisine. Elle, Marguerite, ma bru. Le petit, Gilbert, le fils d'Aline et Pierrot.

Il y a un chien devant la remorque. Tommy. Ils l'ont eu longtemps, il est vieux, là. C'est à cause de lui que le chien d'aujourd'hui s'appelle Tom. Quelquefois Robert dit « Tommy ».

Toinou est la dernière sur le côté. On dirait qu'on l'a priée de venir se mettre sur la photo et qu'elle l'a fait, bien obligée. Elle ne sourit pas. En 1960, elle a à peu près soixante-dix ans. Elle n'a pas encore pris son visage d'aujourd'hui. Ses joues sont pleines.

Elle choisit un autre cliché, 1915.

Elle est debout entre René et Madeleine, ses deux enfants. Elle a vingt-six ans. Elle paraît encore très gamine. Est-ce l'effet de ce foulard sur le chemisier, de cette longue jupe à boutonnage sur le côté ? De sa petite taille ? René, huit ans, lui arrive à l'épaule. Les bottines à laçage des enfants couvrent les chevilles. C'est la guerre depuis un an. Mais le regard de Toinou est vif et perçant comme une vrille. Sans doute espère-t-elle encore un dénouement rapide. Elle est jolie. On est toujours jolie quand on est jeune, mais on ne le sait pas. C'est étonnant. Elle a gardé le visage de son adolescence. Les traits sont fins, le front dégagé par les cheveux en arrière. Les enfants en moins, je lui donnerais les quinze ans de son mariage. Elle brûle de cette flamme qui va l'emporter au-delà d'elle-même jusqu'à aujourd'hui.

Je rapproche cette photo d'une autre, datée celle-là *juillet 1918*.

Les enfants ont un peu grandi (pas tellement). Les cheveux de la petite Madeleine sont ornés du même ruban blanc. François Besse est là, cette fois. En uniforme, le képi sur la tête, la croix de guerre sur la poitrine. On ne le dirait pas gravement atteint. Les joues pleines, les pointes de moustache droites, il n'a pas mauvaise mine. Mais Toinou, à côté de lui, est méconnaissable.

Trois ans ont passé. Elle a changé de visage. Cela arrive autour de la trentaine. Mais surtout ces trois années terribles l'ont marquée.

Son visage plein, presque poupin, s'est vidé pour devenir un masque tragique. Son regard est dur. Elle semblerait incapable de sourire. Elle porte la même jupe que trois ans plus tôt.

Sortait-elle de la grippe à ce moment-là ?

Elle retourne la photo pour la date.

— Non, l'épidémie était à l'automne.

Elle devine le rapprochement que je fais entre les deux photos qu'elle couvre de sa main ouverte, remet au paquet, qu'elle reforme pour le glisser dans l'enveloppe.

Je pense que pour aujourd'hui on va s'arrêter là. Mais, en fourrant l'enveloppe dans sa poche :

— J'ai pensé à une autre affaire...

Ouais... quand ils allaient aux champs, qu'elle était *jeune au Grand-Gillou*... Alors, s'ils avaient une brebis qui « amenait » au mois d'avril, ils savaient que l'agneau ne valait rien, il était né quand le coucou était rendu. Ils étaient à *l'amende*... d'une grosse omelette, avec des pommes de terre, qu'ils portaient manger aux champs. Les garçons venaient. Les ouailles se mélangeaient. Un voisin avait apporté son accordéon. Ils étaient une quinzaine de jeunes et ils dansaient au bord de la route. Ça se faisait le dimanche soir. Ils mangeaient. Ils buvaient. Elle dansait.

Toinou rit. L'agneau était rien. A deux ou trois mois, il avait le… le *tourniquet* !

La tremblante.

— C'est pour ça que vous dansiez !

Elle rit. Son regard s'illumine. Elle est capable de passer de la nostalgie des photos des siens à des scènes de vie, l'excitation de souvenirs qui ne l'ont jamais quittée.

Elle m'en raconte une autre, sur la cousine de son père qui s'appelait Rénille.

Rénille était devenue folle amoureuse d'un gars qui n'avait pas le sou. « Attends, qu'elle lui dit, on ne va plus se voir pendant quelque temps, et je vais me faire fréquenter par un autre, et quand j'aurai mes affaires pour la noce, nous nous marierons. » Autrefois, en effet, c'était le garçon qui *payait tout*, la robe, tout. Rénille était jolie. Elle n'a pas eu de mal à faire semblant avec un autre qui avait de l'argent. Ils sont allés à Nontron. La mère du garçon : « Prenez donc cette robe ! — Oh non, disait-elle, elle me plaît pas. » Elle choisissait *ce qu'il y avait de meilleur marché*, parce qu'elle pensait à son père qui allait devoir rembourser. « Prenez ça. — Non. Oh non, je vais prendre ça. Ça me convient. » Alors, après qu'ils ont acheté tout ce qu'il lui fallait, peut-être huit ou dix jours après… « Oh, j'ai changé d'avis, je ne veux pas ! Oh, j'aime mieux mourir que de me marier avec queu gars ! Je ne le supporte pas ! Je ne veux pas, je ne veux pas ! » Qu'a fait son père ? Il a bien été obligé de payer. Et elle a épousé le premier !

Rénille, ça voulait dire « petite reine ». Et son mari, son amoureux, s'appelait Gentil. Rénille et Gentil.

Toinou les aimait bien, tous les deux. A chaque fois qu'elle allait à Javerlhac, après la messe elle allait chez eux. Rénille était une femme *très travailleuse*, et puis *très propre*. Elle allait en journée, faisait des matelas, des couvre-pieds. Elle était *très* habile. Gentil était maçon. Ils étaient toujours amoureux. Mais quand ça allait mal entre eux elle ne cédait jamais.

Une fois, Toinou était là. Leur drôle avait treize ans. Son père lui ferrait ses galoches. Sa mère voulait l'envoyer apprenti boulanger à Montbron. Son père ne voulait pas. De colère, il attrape *quelle* galoche et la lance sur Rénille. « Ah, c'est-y vrai, Gentil, que tu m'as foutu quelle galoche ? Tiens, te la voilà ! » Et vlan, elle lui rebalance la galoche. « Eh bien, qu'il dit, je t'ai manquée la première fois, ce coup-là je vais pas te manquer ! » Elle lui saute à la gorge ! « Arrête ! Arrête ! » qu'il la supplie. Elle arrête. Toinou était là. Rénille avait la peau dure !

— Elle avait raison. J'aimais aller chez Rénille les dimanches. J'aimais qu'elle ait la peau dure. C'était trop pénible, ce qu'on nous faisait endurer à nous, les femmes.

Les deux petits brasiers des yeux de Toinou flambent.

— J'ai toujours regretté d'être née fille. C'était une malchance, alors, de naître fille !

Elle baisse les paupières, les relève.

— Rénille était courageuse.

Elle referme les yeux. Son cou rouge est mouillé. Elle respire fort. On va s'arrêter là, avec Rénille. C'est déjà beaucoup.

— Voulez-vous boire ?

Elle hoche la tête. Je pense qu'en même temps que son souffle j'enregistre le chant des cigales. J'essaie de limiter les tintements des verres et du pichet.

L'eau est tiède, maintenant.

20

Le soleil a glissé sur la poussière de la cour et son marteau frappe de plein fouet les planches du hangar.

A chaque fois que j'entends le mot « marteau », je vois le père Robin frapper sur son enclume. Sa forge était en face de notre cour. C'était un ami de mon père. Il n'y avait qu'à traverser la route.

Les mains du père Robin, surtout, m'impressionnaient. Un jour, je l'ai vu prendre à pleines mains un morceau de fer rouge dans le foyer de sa forge et le porter, hop, hop (le fer sautait comme un ballon), à son enclume. Ses mains fumaient. Je me souviens de l'odeur de cochon grillé. Il a montré ses paumes. La corne fumait. Le fer rouge avait imprimé des rayures noires. Il avait de belles moustaches blanches.

Mes réveils d'enfance ont été bercés par le chant du marteau du forgeron sur son enclume. Les paysans lui apportaient leurs fers de bonne heure. Les chevaux et les bœufs attendaient pour être ferrés. Ses battements étaient rythmés. Ils sonnaient juste. Les derniers coups toujours plus légers.

J'aimais surtout l'air du martèlement à deux. Le commis frappait de concert avec le lourd marteau à deux mains tandis que le père Robin tenait d'une main le fer rouge avec les pinces et frappait de l'autre avec un plus petit marteau. Les coups se répondaient, bang, bing, bang, bing, bang, bing. Certains matins, retentissaient des martèlements plus sourds. Ceux du marteau-pilon.

C'était l'appel du jour, le marteau du soleil. On n'est pas tout à fait pareil quand on a été bercé par cette musique-là.

— Il y aura de l'orage cette nuit, ou demain, dit Toinou. Ça ne tiendra pas comme ça. Pourvu que ça ne fasse pas de bêtises !

Nous sommes moites. La cour du Renclos est en train de fondre sous la chaleur. Il me semble que les yeux de la vieille dame se sont encore retirés au fond de leurs orbites. Elle happe l'air à petits coups.

Mais elle récupère vite. Je l'ai remarqué pendant notre périple. Elle s'affaissait dans la voiture, abattue, silencieuse, paupières baissées. Et elle jaillissait à l'arrêt. La curiosité, l'envie la tiraient. Elle marchait devant.

Elle se lève, coiffe son chapeau de paille à larges bords.

— Venez avec moi au jardin !

Est-ce que je peux refuser ?

— Je veux vous montrer quelque chose...

Elle est partie. Elle ne m'attend pas.

La route est déserte. Le goudron liquide colle à mes semelles. Toinou rectifie l'inclinaison de son chapeau. Nous remontons le sentier du mur de l'école. Je touche les pierres de clôture. Elles sont chaudes.

Toinou se lamente de ses tomates et de ses haricots flétris, me montre la batterie de bidons, seaux et arrosoirs pleins, rangés à l'ombre du cerisier aux feuilles noircies de pucerons. Elle y trempe la main.

— Je les remplis le matin. L'eau du puits serait trop froide autrement. Elle leur ferait du mal...

Puis elle m'entraîne vers le carré du fond, où nous ne sommes pas allés la première fois. J'avais aperçu de loin les taches orange. Elle écarte les larges feuilles.

— Vous ne l'aviez pas vue, celle-là !

Elle dégage une citrouille mafflue, bien formée, régulière, me fait signe d'approcher encore. Elle a gravé les initiales de l'une de ses arrière-petites-filles sur la citrouille. Chacun de ses arrière-petits-enfants en a une à son nom.

— En voulez-vous une ? Il y en a d'autres.

— Non, merci. Elles sont lourdes...

— Allez chercher la brouette, là-bas, près de la cabane. Elles sont bonnes à cueillir.

Elle tranche la tige avec son couteau, me laisse la charger dans la brouette.

— Vous demanderez à qué les femmes de vous la préparer en soupe ou en purée.

Elle me déconseille les brugnons.

— Ils ont eu chaud.

Elle presse sa main râpeuse et moite sur la mienne avec une force qui me surprend. Mais elle me montre l'arbre dans le renfoncement du mur de la cour de l'école.

— Regardez !

On dirait un arbre de Noël.

— C'est ce que je voulais vous faire voir.

Elle rit.

— N'est-ce pas qu'il est beau ?

Nous nous approchons de l'abricotier couvert de fruits.

— Robert l'a taillé, il y a trois ans, parce qu'il devenait énorme. Il l'a beaucoup rabattu. J'ai cru qu'il allait crever. Et puis vous voyez !

On dirait vraiment un arbre de Noël en plein été. Les branches ploient sous le poids des boules orange des fruits. Nous entrons sous son feuillage sombre qui bourdonne d'abeilles et de guêpes. Nous ne pouvons pas ne pas goûter.

— Méfiez-vous de ne pas attraper la courante !

Elle commande :

— Allez chercher la brouette !

Elle en a déjà les mains pleines.

— C'est pour vous !

— Gardez-les pour vos petits-enfants...

— Ça soulage les branches. Elles risquent de casser.

Les abricots ont la chair tendre, à peine acide, juteuse, un peu tiède. Je cherche dans l'herbe les fruits que les guêpes n'ont pas attaqués.

— Attention à ne pas vous faire piquer !

Elle dépose les boules orange avec délicatesse dans la brouette près de la citrouille.

— C'est ce qui vous aide à vivre ?

Elle ne me répond pas. A-t-elle compris ce que je voulais dire ? Elle lève son menton carré. Les éclats de soleil dansent en taches blondes à travers la paille de son chapeau sur ses joues rougies par la chaleur. Ses yeux brillent et elle me regarde avec une effronterie joyeuse, une jeunesse que je ne lui ai pas vue jusque-là.

J'ai roulé la brouette jusqu'à ma voiture dans le magasin. Le soleil avait encore glissé. L'ombre des bâtiments s'allongeait. Le chant des deux cigales soûlait toujours le Renclos et, c'est peut-être cette accumulation de sensations, j'ai eu une seconde de vertige en m'asseyant à mon volant.

J'ai obliqué à nouveau sur le chemin du bord du fleuve après le pont de Juac. C'est l'ancien chemin de halage. Saint-Simon se flatte de son passé gabarrier. Tous les vieux ponts romains en dos d'âne portent dans leurs pierres les entailles profondes des câbles qui les ont limées en tirant les péniches.

Je me suis arrêté au coup à carpes du père de Marie-Claire. J'étais avec Rénille et elle me répétait ces mots terribles de Toinou sur la malchance de naître fille, en même temps que j'étais sous le charme de son regard de femme effrontée sous l'abricotier de Noël.

Nous nous sommes baignés souvent dans la Charente, Marie-Claire et moi. J'ai hésité. Un couple de milans tournait dans le ciel blanc. Les herbes hautes et les broussailles de la rive dissimulaient ma voiture. J'entendais leur cri rauque. Un nuage de petits papillons orange s'est envolé devant les basses branches du peuplier, comme une pluie de pétales de fleurs. Orange comme la citrouille de Toinou et comme ses abricots.

Et puis, très vite, je me suis déshabillé sur la plate-forme aménagée pour la pêche et me suis glissé dans le fleuve. Les trois peupliers italiens tendaient leurs branches étincelantes, comme des chandeliers. La Charente est changeante, dangereuse. Le contact de l'eau douce n'est pas le même que celui de la mer. Il est moins agressif, moins brutal.

J'ai évité les nénuphars et nagé vers l'eau vive du milieu. Le courant était fort encore. Il l'est toujours, dans la Charente. J'ai écouté le frémissement du fleuve et commencé à remonter son cours.

Il résistait par endroits, poussait sur mon ventre et mes épaules. L'eau était noire près des rives, à l'ombre des saules. Je nageais dans la partie blonde, le lit de lumière. Des perles de soleil scintillaient dans les torsades du courant.

Puis je me suis allongé sur le dos et laissé porter, profitant de la chaleur du ciel et de la fraîcheur de l'eau. J'ai pensé aux grosses carpes miroir qui nageaient sous moi. Le père de Marie-Claire parlait des fameuses carpes cuir sans écailles.

Les milans se répondaient là-haut.

J'ai vu planer sur l'eau l'ombre de leurs ailes déployées. J'ai fermé les yeux, les paupières embrasées de lumières rouges. J'ai dérivé, exultant de cet après-midi de confidences. Quelle chance ! Quel cadeau, Toinou ! Merci, merci !

Un grelot a tinté sur le chemin de halage. Je me suis dissimulé dans l'ombre verte, j'ai rentré la tête sous l'eau. Le fleuve faisait son bruit.

C'étaient un garçon et une fille à bicyclette. J'ai vu glisser une robe blanche par-delà les herbes brûlées. Il y avait surtout des chardons et de la ciguë, des orges sauvages aussi.

Une casquette rouge coiffait le garçon. La fille avait les cheveux roux sous le chapeau de paille. Ils parlaient, riaient. La fille jouait avec le timbre de sa bicyclette. Des taches de rousseur flottaient sur ses joues comme des poissons.

Je suis remonté sur la plate-forme et me suis ébroué en aspergeant le bois des planches grises que tachaient les gouttes et les empreintes de mes pieds.

J'ai été très vite sec.

21

L'orage est arrivé le lendemain soir. Toute la journée, des nuages gris ardoise avaient monté en champignons, chargés d'éclairs dans leurs renflements. On entendait les roulements de leurs grommellements lointains.

Et puis ils s'en allaient.

« Ça va venir, disaient les gens. Ça se prépare. »

On souhaitait que ça vienne.

J'ai appris à aimer les orages avec Marie-Claire. Ma mère en avait, elle, une peur affreuse. Elle a vu une boule de feu jaillir du conduit de la cheminée et rouler à travers la cuisine de la ferme de ses grands-parents lorsqu'elle était petite et elle nous a communiqué sa frayeur.

Quand les grondements de mon premier orage charentais m'ont réveillé, une nuit à Boisrond, je me suis aperçu que j'étais seul dans le lit. Marie-Claire n'était plus à côté de moi. J'ai voulu allumer, mais le courant était coupé. Un éclair blanc me l'a montrée devant la fenêtre aux volets ouverts.

— Qu'est-ce que tu fais ?

— Viens voir.

— Quoi ?

— L'orage.

Les murs et le plancher tremblaient. La terre de Boisrond repose sur les sables et les vases instables de la Charente toute proche. Je me suis enfoncé dans les draps.

— Viens te coucher.

Comme elle ne venait pas, je me suis levé.

Les orages sont impressionnants, à Angeac. La vallée de la Charente leur sert de caisse de résonance. Et les peupliers attirent la foudre.

— Tu n'as rien à craindre, m'a dit Marie-Claire, ils sont d'excellents paratonnerres.

Les vitres de la fenêtre tremblaient aux grondements. Le fleuve forme un rempart que les orages n'arrivent pas à franchir. On dit qu'ils tournent. Ils se heurtent au fleuve, s'en vont, reviennent.

Elle m'a alors tiré dans le couloir.

— De la cuisine, on verra mieux.

Les deux grandes portes de la cuisine de Boisrond donnent sur la terrasse, le jardin, la prairie et, par-delà, le village et l'église d'Angeac. Je n'étais pas fier. Les flammes des éclairs nous éblouissaient, le clocher carré de la vieille église romane semblait chanceler, et le vacarme du tonnerre vibrait jusque dans mes jambes à travers le plancher.

Et puis nous avons entendu sa voix derrière nous :

— Le vent est au sud. L'orage ne franchira pas la Charente.

Nous ne l'avions pas vu. Le père de Marie-Claire était dans son fauteuil au coin de la cheminée, ses grandes jambes croisées devant lui dans son pantalon de toile bise. Nous étions presque nus. Marie-Claire, plutôt amusée, est allée chercher nos robes de chambre. Moi, j'étais gêné.

Tous les bonheurs de la nature ont enchanté cet homme. Il ne pouvait pas être un bon paysan, trop idéaliste, trop ailleurs. Il avait été un temps professeur de gymnastique. Sa mère lui avait imposé le travail des vignes et la gestion de leur propriété après la mort de son père. Il s'était marié tard, à trente ans, avec la nièce du curé d'Angeac, qui passait ses vacances au presbytère chez son oncle. Ils avaient eu cinq enfants. Marie-Claire est la quatrième.

Il s'évadait chaque été avec eux pour du camping sauvage dans des endroits qui n'appartenaient qu'à lui, au bout du bout de la Grande Côte à Royan. Il partait deux fois, une avec les garçons, l'autre avec les filles. Ceux qui restaient gardaient la propriété avec leur mère demeurée à Boisrond. L'arthrose ne lui permettait pas, à elle, de dormir sous la tente. Mais les vacances de boy-scout de son mari ne devaient guère l'enchanter, aussi.

Leur campement ressemblait, en effet, à un inconfortable bivouac de caravaniers. Il avait planté leur grand marabout rond à l'ancienne, couleur mastic, à l'orée de la forêt de pins. Il n'y avait rien là qu'un vieux wagon abandonné, rendez-vous des chasseurs. L'eau, il fallait aller la chercher au diable avec des bidons. Mais il y avait la mer et les rochers. Les enfants pêchaient. Lui tricotait ses filets. Il déployait des cartes routières sur sa table de camping et, le fauteuil pliant sur le sable, se lançait dans de longs voyages immobiles.

Ils cuisinaient les coques, les moules, les crabes, les crevettes de la pêche sur le camping-gaz. Les bercements des houles confondues de la forêt et de l'Océan, l'odeur des pins et de la mer emportaient sa tribu dans des sommeils ivres d'aventures et de tempêtes. Marie-Claire m'a conduit un jour à leur territoire de villégiature. Il n'y avait toujours rien que le vieux wagon des chasseurs, qui s'était un peu plus ensablé. Elle en voulait à son père de les avoir condamnés à ces vacances solitaires, alors qu'ils enviaient leurs camarades réunis en bandes sur les plages bondées. En même temps, elle a reconnu qu'ils y avaient puisé un goût précieux pour la nature et la contemplation.

Cet homme avait aussi la passion de la chasse. Elle faisait naturellement partie de sa vie, au plus près de son environnement quotidien. Je l'ai accompagné à travers les vignes et sur les chaumes. Il avait repéré chaque gîte de lièvre sous son souchot. Il me les signalait, de loin, pour ne pas les déranger. Il savait les abreuvoirs des gibiers, leurs passages. Il m'a montré les fientes, les empreintes. Il voyait des vols d'oiseaux que je n'avais pas vus.

J'ai été témoin de la fièvre qui montait dans le village aux alentours de septembre, à la veille de l'ouverture de la chasse. La population surtout mâle d'Angeac s'excitait à fourbir ses fusils et charger ses cartouchières. Mais les femmes y avaient leur part aussi. Si elles ne chassaient pas, elles encourageaient leurs hommes. Les abois des chiens se répondaient d'un chenil à l'autre au claquement des armes et à la lumière rouillée de l'été déclinant.

Le père de Marie-Claire m'a raconté qu'un jour, plus jeune, quand le gibier abondait, il avait enfilé une vieille robe de sa mère et, coiffé d'un foulard, déguisé en femme, il s'était approché de la suspicieuse canepetière. Il s'appuyait sur sa canne-fusil comme une pacifique gardienne de troupeau avec son bâton et il avait pu tirer l'oiseau réputé si sauvage.

J'ai imaginé alors partager la griserie communautaire. On m'a gratifié d'un permis de chasse local. Le frère de Marie-Claire m'a prêté son Darne. Il chassait à présent avec un Miroku. La mode n'était plus à Manufrance.

On ne s'improvise pas chasseur. Je n'ai rien tué. Quelques malheureuses grives, le soir, à la passée. J'ai cessé après deux ouvertures. Je leur ai servi de chien.

Peut-être est-ce à cause de Toinou que je garde un souvenir précis de la nuit d'orage qui a accompagné nos rencontres. Le violent orage de cette nuit-là a été comme un point d'orgue sur les émotions de nos entretiens.

Nous avons retrouvé le père de Marie-Claire dans son fauteuil, près de la cheminée. Il dormait peu. Il s'en plaignait. Les grandes chaleurs lui étaient pénibles, à lui aussi.

Je n'avais pas encore échappé à l'effroi de ma mère. Est-ce qu'on s'en échappe jamais ? Je faisais l'effort. Mais les éclairs me secouaient le cœur et à chaque éclat du tonnerre j'étais sur le point de bondir comme un lièvre qui saute.

— Tirez des chaises, a murmuré le père de Marie-Claire, ça va être long.

Nous nous sommes assis côte à côte derrière la double porte vitrée. Il était onze heures. Les éclairs illuminaient le balancier de la pendule dans son grand coffre de bois rouge.

L'orage, les orages plutôt se sont succédé sans interruption pendant trois heures. Le vent brassait les rames des peupliers et, entre les grondements du tonnerre, nous entendions leur plainte rauque comme le râle de la mer. Les rafales arrachaient leurs feuilles encore vertes et les emportaient.

— J'espère qu'il ne grêlera pas. C'est la grêle qui est mauvaise.

Les peupliers en double et triple rangs forment un rempart autour de la prairie et dessinent un vaste cirque dont la maison, la grange et le relais des Templiers sont l'arène. Le vent ployait leurs têtes écrasées par les montagnes noires zébrées de feu.

C'est vrai que c'était effroyable et beau. Marie-Claire était tout près de moi. Parfois sa main trouvait la mienne. Son père balançait sa jambe dans son fauteuil.

Je lui ai demandé, devant l'inclinaison des fûts comme mâts de navire :

— Vous ne craignez pas que le vent les renverse ?

— Qu'est-ce que vous voulez y faire ?

Il était fataliste. Il savait d'expérience qu'on ne commande pas au ciel. A ce moment, la fulgurance blanche d'un éclair a illuminé la cuisine. Même Marie-Claire a sursauté. Les vitres ont tremblé. Elle a crié, alors que l'air et la terre vibraient encore :

— La foudre est tombée sur l'italien !

J'avais dans les oreilles la détonation sèche de la foudre. Et dans les prunelles la fameuse boule de feu dont m'avait parlé ma mère.

Le père de Marie-Claire nous a rejoints derrière la vitre.

L'éclair avait touché la pointe du grand peuplier italien de la fontaine aux carpes. Il avait dévalé le tronc tout au long et roulé jusqu'à l'œil de la fontaine, où il avait disparu.

— Tous les poissons vont être tués.

Le grand italien était le plus haut, sans doute le plus vieux de tous les peupliers de Boisrond.

On repérait sa flamme quand on arrivait de Châteauneuf. Un journaliste de *Sud-Ouest* a écrit qu'Angeac était le plus beau village de Charente. Beaucoup de villages de Charente sont beaux. Le grand italien de Boisrond allongeait la flamme de son grand cou au-dessus des ponts et bras du fleuve, parmi le rideau d'arbres de la prairie.

— On en fera peut-être du bois, a murmuré le père de Marie-Claire, désolé. Et encore...

L'arbre était ouvert comme une gousse, éventré, fendu en lyre du haut en bas par une hache de géant. Son tronc béait dans la nuit. Son cœur blanc pantelait, noirci par endroits par la brûlure de l'éclair.

L'orage a paru se calmer après ce coup d'éclat. Les éclairs continuaient d'illuminer la nuit. Mais la pluie et le vent avaient baissé. Le tonnerre grommelait plus loin.

— C'est peut-être fini, a dit Marie-Claire.

— Pas si sûr, a répondu son père.

Je savais qu'il pensait au bassin de la fontaine où nous avions versé les poissons et les écrevisses pris dans ses nasses pour les conserver avant de les manger.

Nous avions allumé des bougies. Il a mis la casserole sur le gaz et le parfum de sa tisane d'anis étoilé a couvert l'odeur de cire des bougies.

J'ai pensé à Toinou, au Renclos. Je me suis rappelé le cyclone dont elle avait parlé, le petit nuage noir. Et puis deux ou trois coups de tonnerre plus forts, plus proches, ont retenti. Les mugissements du vent ont repris. L'orage est revenu.

Il n'a pas grêlé. Pas sur Angeac. La foudre a frappé le bois et les vignes de la colline du Piot au-dessus du village. Nous avons vu encore la boule de feu prendre en enfilade un rang de vigne qu'elle a dégringolé comme un trait, jusqu'à la vallée, où elle s'est enfoncée sous terre.

La voix de la mère de Marie-Claire s'est élevée de l'autre côté du couloir :

— Avez-vous fini ? Allez-vous vous coucher !

Elle était la voix de la raison. Elle l'a toujours été. La gardienne. Ses enfants lui sont reconnaissants de ses inquiétudes de mère nourricière, et de son réalisme qui rattrapait les rêveries de leur poète de père. Marie-Claire tient d'elle son sens des choses, son adresse, sa franchise.

Sa mère a répété :

— Allez-vous vous coucher !

Nous avons fini par l'écouter. D'ailleurs l'orage semblait bien s'éloigner, enfin.

22

Le bassin de la fontaine était couvert de poissons, ventre en l'air.

Quelques écrevisses, curieusement, survivaient, miraculées. Les autres étaient rouges, comme plongées dans l'eau bouillante pour les cuire.

Le bois de l'italien était aussi dur et sec qu'après deux années au bûcher. Les branches d'autres peupliers pendaient comme des ailes fracturées. Des ramures brisées avaient roulé dans l'herbe.

Un soleil neuf, lavé, jaune, filtrait derrière les frondaisons hachées tandis que nous pataugions dans la désolation des feuilles arrachées. Les tronçonneuses se répondaient partout dans la vallée.

— La Charente n'est jamais aussi belle qu'un lendemain d'orage, a murmuré le père de Marie-Claire devant ses carpes aux ventres retournés.

Il n'avait pas tort. L'air était nettoyé des moiteurs de la veille et les poussières de la canicule étaient retombées. On respirait. La mère de Marie-Claire, debout la première, avait ouvert portes et fenêtres.

Les bruits eux-mêmes étaient plus purs. Les voix de la mère et de la fille se répondaient dans la maison. L'herbe de la prairie, qui avait souffert de la sécheresse, se redressait.

Les odeurs n'étaient plus polluées. Le parfum des roses de la palissade épargnées par l'orage contre le mur du chai de chaudière, bien à l'abri sous l'avant-toit, s'insinuait jusqu'à nous.

J'ai parlé du bonheur en Charente. En ce matin d'après l'orage, Boisrond baignait dans une lumière de paradis. Et nous étions devant l'italien foudroyé et le bassin de la fontaine tapissé de poissons morts.

— Il faut qu'il y ait des orages, a ajouté le père de Marie-Claire, pour que tout soit nettoyé et que tout recommence.

Nous avions apporté des seaux et des épuisettes. Nous avons commencé à vider l'œil de la fontaine.

Nous sommes partis pédaler, un peu plus tard, dans la côte du bois du Piot, Marie-Claire et moi. La foudre avait calciné un rang de vigne, du haut jusqu'en bas, sur toute sa longueur. Les piquets mêmes étaient brûlés. Le fil de fer avait fondu.

Christian Fontaneau, le vigneron des Bergeries dont c'était la vigne, a monté jusqu'à nous.

— Il n'y a rien à résister à la foudre. La température d'une décharge peut atteindre trente mille degrés !

Il avait enroulé un morceau du fil de sa vigne autour de son épaule et, déjà, arraché quelques piquets.

Nous avons continué jusqu'au château d'eau et plus haut encore. On a passé Chez-Magaud, le hameau au milieu de la côte. Ça monte jusque sur les chaumes plantés de chênes verts et de genévriers.

J'étais venu là en décembre, dans la 2 CV camionnette du père de Marie-Claire, prendre un genévrier pour l'arbre de Noël de Boisrond. On a laissé nos vélos dans le fossé et on s'est avancés sur le chaume au-delà des bosquets face à l'ondulation des collines.

Les panaches des fumées des cimenteries de La Couronne montaient au loin. Le château de Bouteville se dressait sur sa motte. Et les toits qui scintillaient au soleil étaient bien ceux d'Angoulême à plus de vingt kilomètres à vol d'oiseau.

J'ai replié mes doigts devant mes yeux comme des objectifs de longue-vue. Le dôme de la cathédrale étincelait au-dessus des maisons. Les feuilles des chênes verts frissonnaient à peine. Les herbes des chaumes étaient immobiles. Nous nous sommes assis.

Un vol de pigeons a étiré son ombre sur les éteules de blé moissonné, puis les vignes. Le bleu était éblouissant. Les couleurs brasillaient. Une tronçonneuse s'acharnait dans la vallée.

Un pigeon a piqué vers le sol. J'ai tendu mon front au soleil et fermé les yeux.

— Je parie que tu es encore avec Toinou, a murmuré Marie-Claire.

— Tu es jalouse ?

— Pourquoi non ?

— Je pensais aux questions de ma prochaine rencontre avec elle, cet après-midi. Toinou me rend la Charente et la vie plus belle.

— N'oublie pas de vivre le moment présent.

J'ai rouvert les yeux. Marie-Claire tendait à son tour son visage au soleil, paupières closes. J'ai hésité.

J'avais dans la poche le carton de mes questions à Toinou pour l'après-midi. J'avais noté aussi des noms sur lesquels revenir : Madeleine, le Vieux-Siriex chez sa grand-mère, mademoiselle Lagrandeur, Philippe Mitterrand...

Marie-Claire avait écouté avec moi les deux premiers enregistrements. Elle m'avait demandé plusieurs fois d'arrêter, revenir en arrière.

« Quelle femme ! Une Mère Courage ! »

Elle ne s'attendait pas à une telle force.

Elle m'a dit que les gens qui comptent pour chacun de nous continuent de nous accompagner toute notre vie. Ils hantent nos moments les plus banals, surgissent quand on ne les attend pas, nous aident, orientent nos choix, marchent avec nous, infiltrés jusque dans les semelles de nos souliers.

J'ai partagé son avis.

— Continue avec Toinou ! a-t-elle ajouté.

Elle m'a encouragé à assembler le maximum de pièces du puzzle de Toinou.

— Peut-être, a-t-elle précisé, en l'interrogeant tu l'aides à trouver un peu de paix.

J'ai regardé son visage lisse, un peu hâlé, livré au soleil sur les chaumes, ses paupières baissées, frémissantes, ses longs cils bruns. C'était la première fois qu'elle se montrait jalouse. J'ai deviné de la comédie pour m'obliger à m'intéresser à elle. Je la négligeais, l'esprit ailleurs.

Je suis venu près d'elle, très près, tout près. Le calcaire était sec. Des petites fleurs roses frissonnaient au-dessus de l'herbe couchée. La terre avait déjà bu les pluies de la nuit.

Le bonheur sur les chaumes d'Angeac.

Je suis retourné au Renclos, comme convenu, dans l'après-midi.

— Alors, m'a demandé Toinou, vous avez bien dormi, cette nuit ?

— Et vous ?

— Eh ben, mon vieux, ol en a fait une comédie !

Elle a ri.

— Vous avez eu des dégâts ?

— Rien. L'antenne de la télé s'est décrochée.

Les contrevents des portes et des fenêtres étaient grands ouverts, comme à Boisrond. L'échelle pour aller réparer l'antenne était appuyée au mur. La vie au Renclos aussi semblait devenue plus légère.

Nous avons évité de passer sous l'échelle. Un ballon rouge avait roulé sous la table du petit hangar. Le tricot de Toinou n'était plus dans la corbeille.

Elle s'est installée. Je la sentais plus vive. Des éclats de mica brillaient dans ses yeux. Je me suis empressé de vérifier les boutons de mon appareil. Elle était déjà prête. Elle a dit :

— Je n'ai pas apporté à boire, on retournera à la cuisine si on a soif !

Et elle ne m'a pas attendu.

23

Elle n'a pas attendu ma question. Elle a commencé avec les distractions, les bals dans les frairies, en ce temps-là :

— Y a ben toujours eu la *frairie*.

Il y en avait une à Javerlhac, une à Nontron. Mais elle n'était jamais allée à celle de Nontron, qui était trop loin.

Et elle a haussé aussitôt la voix :

— *Et puis moi, j'ai pas été fille !*

La brusquerie du ton m'a surpris. Je ne l'avais pas entendue s'emporter.

— Oui, c'est vrai, celle qui vient jusqu'à dix-sept, dix-huit ans, elle se promène plus que moi je me suis promenée ! J'allais au bal un dimanche, comme ça à Javerlhac, mais qu'est-ce que vous voulez, j'étais *gamine*. A quinze ans, mariée, on n'est pas une fille, *pas une fille*. Ol est pour ça que je dis toujours : « Moi, j'ai pas eu une jeunesse ! » J'ai pas été malheureuse, je vous dis, j'ai pas été malheureuse, mais enfin, c'est... *c'est pas de jeunesse*.

Elle s'est tue. J'ai acquiescé. Elle s'est raclé la gorge. Elle avait besoin de crier ça.

Ses yeux ont hurlé encore, en silence. Ses prunelles ont lancé des éclairs. Et elle a repris, apaisée, plus calme.

Elle a dit qu'alors le monde n'avait point d'argent à dépenser. Il y avait, bien sûr, les foires. Oui, les foires... Comme celle de Hautefaye !...

Elle a parlé des pieds des gens. Tout le monde portait des galoches en bois, avec une bride. Et pour Pâques, au printemps, les plus riches, les plus coquettes mettaient des souliers, d'autres des galoches vernies. Et c'était déjà beaucoup.

Un grand nombre de filles et d'enfants portaient des bottines montantes, qui tenaient aussi après le pied.

Elle s'est obligée à sourire et se détendre.

Pour la distraction, elle allait sortir une truie *à la saison*. Elle l'amenait chercher des champignons. Elle ne l'attachait pas. La truie la suivait comme un petit chien.

Les hommes ne chassaient pas. Le monde ne chassait pas. Il n'y avait que les grands chasseurs, les patrons, les riches. Chez-Massignac venait avec ses chevaux et une grande carriole remplie de chiens. Ils rejoignaient ceux du château de La Rochebeaucourt. Ils chassaient le... *le sanglier,* les gibiers comme ça, *les loups*. C'est eux qui ont détruit *les loups...*

Toinou pose le pied sur le ballon rouge qu'elle fait rouler sous sa semelle, croise les bras et se souvient de la baguette en bambou de mademoiselle Lagrandeur. Elle a rêvé quelquefois dans son sommeil qu'elle maniait cette baguette devant cinquante élèves. Elle était institutrice. Et ça ne bronchait pas. Pas intérêt. Elle aurait aimé devenir institutrice. Elle croit qu'elle aurait été bonne enseignante. C'est peut-être à cause d'elle, pour rattraper son rêve, que son petit-fils Henri est devenu professeur dans les écoles de l'Alliance française. Quand c'est arrivé, quelle joie ! Henri professeur en Chine, au Japon, au Brésil !

Elle enviait les filles de l'école des grandes qui avaient quatorze ou quinze ans, ou seize, et qui allaient encore à l'école. Certaines étaient plus grandes que leurs mères.

Sa mère la faisait lire, sa mère qui *ne savait pas* lire. Son père lisait un peu, mais sa mère...

— Pensez... à z'eux six, il fallait que les plus vieux travaillent.

C'est Toinou qui a appris à lire à sa mère, à Bassac, parce qu'elle avait le temps, quand elle était toute seule avec son père et son frère le plus jeune, pendant la première guerre. Elle lui a appris à lire le journal. Auparavant, quand sa mère ne savait pas, elle forçait sa fille, lui commandait : « Tu vas me lire ci ou ça. » Et Toinou a autant appris avec sa mère, comme ça, qu'à l'école.

Qu'est-ce qu'elle lisait ? Il n'y avait pas de journaux là-bas, y avait rien ! Quelques livres, probable, qu'elle trouvait au Grand-Gillou, elle n'en sait plus rien. Elle ne comprenait peut-être pas tout.

Elle lit *à présent.* Mais une fois qu'elle a été mariée, il a fallu s'occuper des drôles, ses frères étaient avec eux, jeunes encore, elle avait autre chose à faire.

Le ballon va et vient sous son pied. Elle le perd. Il roule sous la table.

Quand ils ont été tout seuls à Malaville, elle est allée en journées dans les vignes.

— Et vous savez qu'ol était pas huit heures, c'était du soleil levé à soleil couché, pour gagner pas grand-chose.

Après la naissance de sa fille, elle a pris les dépêches à porter à la place du facteur, mais elle recevait cent francs par an, et elle en faisait des kilomètres, pour cent francs !

Elle allait au moins trois fois par jour porter des dépêches au marchand de volailles, qui était loin comme de Saint-Simon à Bassac (trois kilomètres). Deux ou trois gars tuaient les poulets, les préparaient, puis les expédiaient. Des fois, elle recevait une pièce. On lui donnait vingt sous, ou un peu plus parce que c'était plus loin, quoi !

Elle se dresse pour récupérer le ballon du bout du pied, recommence à jouer avec.

— Pensez que j'ai eu des jouets quand j'étais petite ! J'en ai eu un !

Elle avait cette tante, la sœur de sa mère, qui allait nourrice, parce qu'elle était bonne laitière.

Elle s'habillait de grandes robes qui traînaient par terre, elle avait une voiture qui la promenait pour qu'elle ne se fatigue pas et qu'elle produise son meilleur lait. Une servante s'occupait du petit. La tante n'avait *qu'à lui donner à téter* ! Alors, plus tard, quand elle est revenue au village avec son mari, elle a envoyé tout un attirail de jouets pour ses petites, des armoires à glace, des tables, des chaises. Et à Toinou elle a offert une poupée, en porcelaine bien sûr. Toinou a été folle de cette poupée qui a duré… une semaine. Ses frères l'ont fait tomber par terre, et elle s'est brisée en morceaux…

— *Et ol est tout ce que j'ai eu !*

Elle malmène le ballon sous sa chaise.

— Celui-là est aux filles d'André. Il était dans le magasin. Le vent d'orage a dû le rouler jusque ici…

— Vos frères ont peut-être eu un peu plus de jouets…

— Pas plus, on n'achetait pas de jouets dans ce temps !

Pour la Noël, sa mère faisait les beignets.

Elle remplissait une grande *jette* – faite de paille et de ronces fendues et tressées. Ils mangeaient les beignets en revenant de la messe. Les jettes, qu'ils appelaient aussi des palissous, servaient pour la préparation du pain. Le père pétrissait. La mère coupait la pâte. Le pain cuisait dans le four de la cheminée. Ils boulangeaient une fois par mois, à chaque fois huit ou dix pains de dix à douze livres.

Chez sa grand-mère, ils pétrissaient un pain de garouil pour la soupe. Mais son frère ne supportait pas cette soupe !

— Ah ! Il voulait pas manger de queu pain ! C'est point très bon, quelle soupe de garouil... J'aime bien une milloque...

Marie-Claire m'a appris la milloque à Boisrond. C'est une savoureuse polenta charentaise, à consommer chaude, dorée au four, sucrée. On la dilue avec du lait, souvent moitié maïs, moitié farine de blé.

S'ils chantaient pendant les fêtes ?

Ah oui ! Toinou aimait beaucoup chanter. Elle se souvient de la noce d'une cousine. Elle a chanté avec son frère. Elle avait douze ou treize ans. Les invités ont trouvé qu'ils chantaient bien, tous les deux.

Le monde chantait autrefois aussi bien qu'à présent. Quand ils allaient énoiser comme ça, quand ils se réunissaient pour casser les noix, il y avait toujours des jeunes pour chanter. Les chansons se transmettaient comme ça. En patois et en français. Lorsque quelque chose de bien ou de mal arrivait, souvent de mal, un accident ou un malheur, les gens écrivaient une complainte. Ils arrangeaient ça.

— Y a eu une complainte sur Hautefaye et le marchand de penilles qui ramassait les peaux de lapin et a foutu son crochet sur la tête du seigneur de Bretanges...

— Vous vous souvenez de cette complainte ?

— Je ne m'en souviens point, vous pensez.

— Le refrain ?

Elle cherche :

— « A la foire de Hautefaye... le jeune Alain de Monéys... »

Elle chantonne un peu :

— « Le marchand de penilles a passé... »

Elle secoue la tête.

— Je m'en souviens plus.

Elle sourit, son beau sourire de connivence qui prie de comprendre.

— Je n'ai pas envie de me souvenir de quelle complainte !

— C'est à cause de ça que vous avez voulu partir du Grand-Gillou ?

— A cause de quoi ?... Non !

Elle fronce, soupire, ramène les pieds sous sa chaise.

— Je ne sais pas... je ne crois pas...

M'interroge du regard, comme si la réponse à la question était en moi.

— On était les derniers. On était les sauvages... Ils écrivaient dans les journaux qu'on était comme nos bêtes devenues folles au soleil sur le champ de foire.

— Les cannibales...

— Oui.

— Vous le disiez entre vous ?

Elle murmure, légèrement enrouée :

— Ça arrivait.

— Et vous êtes partie ?

Elle laisse peser son regard, hausse les épaules, toussote.

— J'avais envie de foutre le camp.

Je revois sa silhouette noire gravissant rapidement devant nous les marches de l'escalier de la mairie de Hautefaye.

L'air de la complainte me tourne dans la tête.

A la foire de Hautefaye... le jeune Alain de Monéys...

Une abeille bourdonne autour du cageot d'oignons. J'ai dans l'oreille la voix chevrotante de Toinou.

Le marchand de penilles a passé...

Le rai de lumière entre dans le hangar et blanchit ses pieds. L'amandier a souffert de l'orage. Il a l'air triste, aux trois quarts déplumé. Toinou me regarde en plissant son front de vieille femme comme si d'évoquer Hautefaye l'avait harassée. L'abeille tourne autour de nous.

Philippe Mitterrand élève des abeilles. Il déplace ses ruches. Je sais qu'il fournit les Besse en miel. J'ai mangé de son miel chez André et Lise-Marie. Je regrette qu'elle n'ait pas apporté de pichet d'eau. Pourtant je n'ai pas soif.

Son souffle soulève ses bras d'écolière ou d'institutrice croisés sur sa poitrine.

24

Je l'interroge sur les travaux l'hiver, pendant les grands froids.

— On avait de la neige pendant plus de quinze jours, souvent. Qu'est-ce que vous voulez, les hommes soignaient les animaux, ils faisaient des paniers. On mettait pas les animaux dehors, dans le temps. Nous, les femmes, on faisait du tricot, on raccommodait le linge, on faisait comme tout le temps, la cuisine, on donnait aux poules et aux cochons. On avait... dans nos bois des châtaigniers. On pelait les châtaignes pour les blanchir. On avait semé des raves après avoir coupé le seigle. Et ces raves servaient l'hiver, on les mettait sous qué les châtaignes... On faisait les lits ! On battait les couettes. On changeait les draps.

Ils n'avaient que trois lits, au Grand-Gillou. Quand elle a eu son fils, elle l'a couché entre son mari et elle. Et chez ses cousins de Javerlhac, ils couchaient autant d'enfants au pied qu'à la tête. C'étaient en général des lits à la duchesse.

A la duchesse, vraiment ? Le mot m'amuse. Des lits à rideaux ?

Il y avait le lit et un dessus suspendu, aussi long que le lit. On tirait les rideaux le soir. On les fermait. Et puis vous passiez dans la venelle, et personne ne vous voyait.

— Vous avez bien été à Paris ? Etes-vous allé à Versailles ?

— Oui.

— Eh ben vous avez vu... C'étaient des lits comme ça, des lits à la duchesse.

Que savait-elle à quinze ans de ce qui se passe au lit, quand elle s'est mariée ?

Elle sourit. Elle a une petite boule renflée comme un grain de blé à la commissure des paupières.

— *Rien !* Pas grand-chose... J'étais drôlesse, je me rendais pas compte de ce qu'ol était. Ils m'ont dit qu'il fallait que je me marie, ils m'auraient dit qu'il fallait que j'alle là, ol était pareil ! Que vouliez-vous que je dise ? Encore, j'avais pas tant de toupet, parce que j'étais pas dégourdie comme elles sont aujourd'hui. Elles sont plus avancées que moi ! Ils ont dit qu'il fallait me marier, je me suis mariée. Il fallait que je me marie avec queu là, je me suis mariée avec queu là. Ma mère m'a dit qu'ils étaient pas riches, mais honnêtes. Alors... je sais pas comme les autres étaient !

— Elle vous a expliqué comment ça allait se passer ?

Son petit rire de fond de gorge...

— Oh non !... Y avait une voisine qui voulait absolument me faire marier avec son frère. Mes frères disaient : « Tu penses, queu gars, faut lui mettre des petits bouts de bois pour lui tenir les yeux ouverts. » Alors ol a parti pour l'autre, on a pris l'autre.

— Vous ne vous rendiez pas compte de ce que vous faisiez vraiment ?

— Que voulez-vous ?

Sa mère disait : « Veux-tu que je t'achète... » Toinou répondait : « J'ai pas besoin de ça ! »

Elle a dit : « Si je dois dormir avec quel homme, si je dois dormir toute ma vie avec lui, j'ai pas besoin de faire plus de manières quelle soirée qu'une autre. »

Elle a répété : « Je m'en fous ! Je veux pas ça ! » Elle ne voulait rien.

A-t-elle une photo de mariage ?

Non. Elle portait une robe bleue, *toute plissée*, comme ça, là. Une coiffe. Pas un voile. C'était pas si évolué que ça, encore ! Une robe bleue *bien claire* qu'elle avait, un jupon de laine, une combinaison de laine, et des culottes !

Elle a brûlé ses souliers vernis. Parce que c'était le 20 février, il neigeait ! Il faisait un froid noir !...

Cinq kilomètres pour aller à la mairie, cinq kilomètres pour revenir. Pour aller à la mairie et l'église. Quand ils sont arrivés au Grand-Gillou, elle ne sentait plus ses pieds. Ils marchaient en cortège, les musiciens devant. Il n'y avait pas grand monde de chez son mari parce que sa mère était morte depuis peu de temps. Cette femme est partie à un peu moins de quarante ans après avoir mis dix drôles au monde.

Ils n'étaient peut-être que quinze, vingt, dans le cortège. Y avait des oncles émigrés, venus de Charente. La veille au soir, elle avait dit à sa mère : « Fous-le donc dehors, mon futur mari, nous irons au bal ce soir ! » Sa mère n'a pas voulu. Elle lui a répété : « Fous-le dehors. » Son oncle, sa tante, les invités arrivaient. Lui, François ne se choquait pas. Il a dit : « Je t'attraperai bien au virage ! »

Ils ont pris le grand repas dans la grange. Et puis ils sont allés danser au bistro du village. Le musicien jouait de l'accordéon. La grand-tante de Toinou, la mère de son oncle, était là. C'est elle qui l'a accouchée, après. Toinou savait que cette grande femme autoritaire était l'accoucheuse et que ce serait elle qui l'assisterait.

Je vois Toinou en coiffe, le jour de ses noces d'hiver.

Le bas de sa robe est trempé par la neige. Ses beaux souliers sont brûlés. Elle est transie. Elle ne sent plus ses pieds. Sa petite figure jeune est bleue et fermée. Ses lèvres sont blanches. Mais sous les arcades, dans les yeux, brûle le feu ardent et vert qui n'est pas près de s'éteindre.

Elle danse avec son mari, qui ne sait pas danser. Elle le commande, le conduit, les hanches menues, effilées. Elle rit de sa lourdeur et sa maladresse. Elle chantonne avec l'accordéon, se laisse aller, ferme les yeux.

Je les vois traversant la rue dans le noir, fuyant le bistro où la noce continue de danser. Ils n'ont pas dormi dans la maison des parents, pour leur première nuit de mariés au Grand-Gillou. La grand-mère de Toinou avait une petite maison, une seule pièce, à la sortie du hameau. Toinou a frissonné de respirer l'haleine aigre du sol de terre battue et des murs humides. Il gelait dehors.

François a poussé le verrou.

— Ils ne vont pas venir nous embêter déjà, les autres !

— Allume le feu ! a grelotté Toinou.

Tout était prêt dans la cheminée, le petit et le gros bois. Le rayon de lune entré par la lucarne à deux carreaux sans volet éclairait la table, le banc, le vieux buffet.

Toinou s'est glissée dans la venelle pendant que son mari craquait l'allumette, s'est vite déshabillée et fourrée entre les draps humides et froids. François n'a pas tardé. Il a tâtonné vers elle.

Toinou s'est reculée un peu. La flambée grandissante dansait sur le lit et les poutres des solives.

— J'ai dit que je finirais bien par te coincer !

Elle lui a chuchoté :

— Doucement.

Elle avait vu les bêtes, le bélier, le taureau, le chien. Elle n'était pas ignorante de ces choses. Sa mère lui avait dit seulement :

« Tu prévoiras une serviette. »

Tout d'un coup elle a pensé qu'il arrivait à des filles de tomber enceintes la première fois. Elle a revu le visage sévère de sa grand-tante que toutes les femmes saluaient avec respect et s'est rappelé les récits, à la veillée, des souffrances des mères qui avaient accouché dans le village. Elle s'est mise à trembler. Elle n'a plus eu que ça en tête.

— Je ne voudrais pas être enceinte tout de suite, a-t-elle prié François.

— Mais non, tu ne le seras pas.

Après, il s'est endormi presque aussitôt. Elle a regardé son souffle passer entre ses lèvres entrouvertes, ses dents juste derrière, à la lumière du clair de lune et de la flamme claquant autour de la bûche. Elle l'a examiné de profil, couché sur le dos, la tête sur l'oreiller. Elle a pensé qu'elle allait dormir toute sa vie avec cet homme.

Son menton et son nez forts l'impressionnaient. Est-ce qu'on va s'entendre ? Il faudra qu'on s'entende.

Elle m'a dit qu'elle n'avait pas dormi. Sa main revenait palper son ventre douloureux. Mon Dieu, faites que je ne sois pas enceinte !

Le rayon de lune a glissé de la table au pied du lit. S'il était si pâle, c'est que sa lumière se réverbérait sur la neige gelée.

Puis elle a entendu les chiens aboyer, et les cris, les chansons qui grandissaient à l'autre bout du village. Elle a secoué François, qui s'est réveillé en sursaut.

— Les voilà !

Ils apportaient la soupe à l'oignon et tapaient sur des gamelles et des casseroles. François s'est levé pour tirer le verrou.

25

Sa grand-tante n'avait pas de formation de sage-femme. Elle avait appris comme ça en accompagnant des matrones. Les femmes alors ne faisaient pas venir le médecin pour accoucher. Ça se passait entre voisines. Peut-être parce qu'elle n'avait pas pu avoir d'enfant, la grand-tante n'était pas tendre avec les femmes. Elle s'emportait : « Arrête de crier ! C'est pas la même chanson pour le rentrer et le sortir ! »

Toinou était effrayée par le destin d'une jeune tante qu'elle était allée voir dans un hameau de Javerlhac. La jeune femme avait eu *cinq drôles.* Mais le sixième pesait onze livres. Ils ont dû le couper en morceaux parce qu'il n'y avait personne pour faire la césarienne. La tante a pris un nourrisson pour lui donner son lait, et l'enfant l'a *empoisonnée.* Elle est restée longtemps sur son lit et elle a *pourri...*

Deux jours avant d'accoucher, Toinou a dit à sa mère : « Je vais mourir, je veux aller voir ma grand-mère. » Elles ont emprunté la bourrique, et les voilà parties.

Elles ont pris à travers bois. Le sentier avait des... trous, des bosses. A quelques heures d'accoucher, sur le dos d'une bourrique ! Ah, quand on est gosse !...

A peine arrivées chez la grand-mère :

— Oh, grand-mère, j'ai bien mal aux reins !

— T'as mal aux reins ?

— Oh, oui !... Oh, ça y est, c'est passé !... Oh, ça me reprend encore...

— Holà, ont dit la mère et la grand-mère, nous voilà bien. Pense qu'elle va...

Alors Toinou :

— C'est passé.

Et puis :

— Ça me reprend encore !

— Ah ben, c'est sûr qu'elle va accoucher dans cette maison !

Toinou et sa mère n'ont pas attendu. Les voilà reparties !

Cette fois, elles ne sont pas passées par les bois. Elles ont suivi la route, sont arrivées à la lande du Vieux-Siriex, à deux kilomètres de la maison.

— Holà, a dit Toinou à sa mère, ça ne va pas... Tant plus va, j'ai mal.

Il faisait trop beau. Elles avaient chaud. Toinou était en nage. Tant plus sa mère battait *quelle* bourrique, moins elle marchait. Heureusement, François, prévenu par un voisin, était venu les attendre au carrefour de la route de Javerlhac, là-haut à la sortie de la lande. Alors, la bourrique a eu intérêt à marcher !

Toinou a accouché dans la nuit. Pas aussitôt. Vers minuit... Elle n'avait plus ni mal, ni rien. Elle n'avait qu'envie de dormir, dormir. Elle avait perdu les eaux. Le temps était à l'orage. Elle transpirait. Elle ne supportait pas les draps sur sa peau. Sa mère lui mettait des compresses d'eau fraîche sur le visage et la poitrine.

Et ce drôle qui ne venait pas... Pourquoi il ne voulait pas venir maintenant ? Les femmes ont fait ce qu'elles ont pu. La grand-tante de Toinou que François était allé chercher commandait. Elles l'ont déchirée. Toinou a dit que le bébé s'appellerait René.

Elle était mariée depuis dix-huit mois. Quatre jours après l'accouchement, elle moissonnait. Elle ne voulait pas rester au lit comme sa défunte tante.

Mais sa grande hantise, ensuite, a été de retomber enceinte.

— Ç'a été l'angoisse de votre jeunesse ?

Elle me fixe, comme si elle s'interrogeait sur l'utilité de rapiécer tous ces petits morceaux de vie.

— *Oui.*

Elle venait d'avoir vingt-deux ans quand sa fille, Madeleine, est née.

Cette fois, elle a été malade pendant huit longs jours. La Bordeaux, la sage-femme de Saint-Simon, est venue le dimanche. Mais ils avaient déménagé, cette fois, tout seuls à Malaville. Il y avait bal, des manèges, les chevaux de bois, tout le bazar. De la maison, ils entendaient les rumeurs de la fête.

Le bébé n'était pas prêt. La Bordeaux est repartie. Elle est revenue le jeudi. C'était pas prêt. Elle a dormi près du lit de Toinou, qui avait perdu les eaux. Le dimanche est arrivé. La sage-femme a vu qu'elle ne pouvait rien de mieux. Elle a demandé le médecin de Châteauneuf, Marchand, qui est tombé en panne à la Pelleterie. Les flonflons fatigants de la fête de village continuaient. Toinou a encore attendu. Et Marchand l'a accouchée aux fers. Sa drôlesse était noire comme du charbon. Mais elle est bien revenue. Ils n'ont pas eu d'autre enfant.

— La guerre est arrivée, vous savez…

Je n'ai pas vu approcher le chien. Il surgit brutalement, heurte ma jambe, gémit, saute, les pattes en avant sur les genoux de Toinou.

— Eh, doucement !

Elle lui prend la tête dans ses mains.

— Arrête !

Le chien la regarde, agite la queue, tourne les yeux vers moi, grogne, la gueule menaçante, comme si je lui volais quelque chose.

— Non, Tom, tais-toi, pas de ça !

Les yeux du chien reviennent à elle. Elle tient toujours sa gorge, lui tapote le flanc. La queue de Tom bouge. Ses yeux pivotent vers moi. Sa gorge gronde.

— Non, Tom ! Robert ! Appelle Tom ! Il nous embête !

Robert est dehors. On l'a entendu remuer l'échelle pour s'en aller remettre l'antenne sur le pignon de la maison.

Il siffle.

— Tom ! Tommy !

Elle repousse le chien doucement.

— Allez, va-t'en !

Le chien passe au large de moi, s'élance dans la cour.

— Il n'a jamais mordu personne. Il s'amuse à faire peur. Il fait pareil avec les filles d'André.

Elle s'incline dans le soleil, la tête vers le dehors.

— Entendez-vous les cigales ?

Je secoue la tête. Elle sourit.

— Les cigales se reposent. Elles ont tellement chanté quand il faisait chaud.

— On n'a pas de cigales, là-haut, chez nous.

— Je l'ai compris.

Elle me sourit. Robert cogne sur du métal dans la cour. Ça tintinnabule en musique cristalline.

26

J'attends que Robert ait fini de frapper, monte un peu le son du magnéto, interroge Toinou sur ses déplacements à pied.

Faisait-elle du vélo ? Elle a appris à rouler à son arrivée en Charente. Y avait point de vélo, là-bas. Le facteur faisait sa tournée à pied, cinquante kilomètres tous les jours. Y avait que les riches qui allaient à cheval. Seulement, les riches étaient rares !

Toinou a été volontaire pour porter les dépêches quand le tocsin a sonné à Malaville en 1914. Elle est allée dans les communes voisines, à Eraville, à Nonaville... Tout le monde pleurait. C'était gai ! Les jeunes partaient le lendemain. Tout était désorganisé. Les patrons partaient comme les autres et, après, y avait plus personne.

— Y avait les femmes.

— Plus personne, plus d'hommes.

C'est là que son mari n'a pas voulu qu'elle reste seule avec ses deux enfants. Il a dit : « Tu vas revenir à Haute-Moure, avec tes parents. »

— Je ne serais pas morte plus que les autres.

Croyez-vous qu'il n'y avait pas d'autres femmes qui restaient toutes seules, elles aussi ?

Si elle envoyait des colis au front ? Oui, beaucoup. Pour faire plaisir à son mari, quoi ! Et pas qu'à lui. A ses frères, son beau-frère. Du cochon, un rôti, des biscuits...

Ils venaient en permission tous les cinq ou six mois. La première fois, ç'a été long. Ils ne parlaient presque pas de la guerre et de ce qu'ils voyaient. Ils en voyaient tellement ! François en parlait plutôt dans les lettres. Tel jour, il était là, tel autre il avait fait ça. Il en parlait sans en parler. Elle aurait voulu qu'il en dise plus. Il n'avait pas le droit. Il y avait la censure. Quatre ans, que ça dure ! Quatre ans, ce n'est pas deux jours !

Et en 39, ça recommence !

René n'est pas parti tout de suite, parce qu'il avait trois drôles. Sa femme était enceinte d'André, qui est né en 40. Mais il est parti. Et qui pour travailler ? Quoi faire ? Les enfants, petits, avaient dix-huit mois de différence. Cinq en sept ans. Là, elles en ont vu !

Et sa fille qui était malheureuse...

— Ça...

Toinou avale sa salive.

Ce fut le dernier tourment...

— Nous l'avions élevée *si doucement, si doucement...* Je lui avais fait apprendre le métier de lingère. Elle brodait comme y en a pas une. Elle faisait des jours dans la toile fine ! Elle a brodé des draps pour le mariage de la belle madame Beaumard, qui vaudraient aujourd'hui plus de vingt mille francs ! Elle avait appris à Juac, chez une Lacany, veuve de guerre, dont le mari était de Malaville. Elle préparait les trousseaux. Dans ce temps-là en Charente, beaucoup de filles, quand elles se mariaient, voulaient des trousseaux, des chemises de nuit, des serviettes, des draps, tout ce qu'il fallait, quoi, à armoires pleines... Elle est venue habiter à Saint-Simon avec son mari. Je sais pas ce qu'elle a attrapé. Je sais pas ce qu'elle a eu. Le médecin d'Angoulême lui a sondé la colonne vertébrale. Il fallait que j'y aille laver son linge, fallait que j'y aille, tout...

Toinou ferme les yeux, avale encore.

Les cercles de ses prunelles vont et viennent derrière ses paupières fines comme du papier de soie. Une goutte perle à leurs commissures. Ce n'est pas de la sueur. La goutte glisse dans le sillon de sa joue.

Toinou tâtonne dans sa poche à la recherche de son mouchoir. Une grosse veine bleue palpite sur sa tempe.

— Mon Dieu ! Ça ne m'est pas arrivé depuis longtemps, s'excuse-t-elle.

Elle avale à nouveau, se redresse.

— On ne devrait pas remuer des choses comme ça.

Elle s'essuie. J'hésite à arrêter le magnétophone qui enregistre la souffrance. Je suis gêné. Qu'est-ce que je fais ? Toinou soupire.

Elle est restée *dix-huit ans* sans dormir, dit-elle en serrant fort le mouchoir dans son poing !

Ou dormir guère... C'est là que ça a été le plus dur... Sa bru n'était pas bien forte. Elle a attrapé la grippe pendant l'hiver 39, quand elle était enceinte d'André. René était parti à la guerre. Toinou couchait de l'autre côté de la cour du Renclos, dans la chambre au-dessus du porche.

— Je me mettais à quelle croisée, je me disais : Demain matin, je vais trouver la bonne femme et le drôle morts là-bas...

Alors elle a dit : « Je veux plus rester toute seule. »

Les enfants sont venus coucher avec elle.

— J'avais toujours trois drôles à côté de moi. Et vous savez, ça ne dort pas toujours, les drôles. Y en avait un couché avec moi, et y avait deux petits lits de chaque côté. Alors tantôt un, tantôt l'autre, ça se découvre...

Je lui demande si d'être croyante ne l'a pas aidée. Ou si elle n'a pas eu envie de se révolter, quelquefois.

— Je dis, c'est le sort comme ça, que voulez-vous faire ?

Elle raconte que, quand ils sont arrivés au Renclos, quinze jours après ils ont acheté une vache à son oncle de Bassac. La vache *a crevé*. Elles veillaient entre femmes. Les hommes étaient pour une fois au cinéma à Saint-Simon. Toinou entend la vache beugler dans l'étable. Elle dit : « Faut que j'aille voir. » Elle revient. « Courez donc chercher les hommes. Je sais pas ce qu'elle a, cette vache ! » Les hommes viennent. Ils veulent faire avancer la vache. Elle tombe, morte.

Ils avaient trois vaches et deux chevaux, des chevaux *larges*, des *plus jolis chevaux*. Deux vétérinaires sont venus pour une vache qui ne pouvait pas vêler, quelques semaines après. Il s'en est fallu de ça pour qu'ils attrapent ce veau. Mais ils ont dû *tuer* la vache, et le veau était mort. Presque le même jour, l'autre a avalé un corps étranger. La troisième a attrapé une pneumonie. Les trois vaches et un cheval ont crevé *dans la même semaine* !

René était démoralisé.

— J'ai dit : « Que veux-tu y faire ? »

J'ai dit : « Nous travaillerons pour en acheter d'autres. »

Mais ce n'était pas fini. Il achète un autre cheval, trente mille francs. Il l'attelle et le conduit dans le champ avec la charrette. Le cheval tombe raide. Est-ce qu'il n'y avait pas de quoi être démoralisé ?

Toinou avait beau répéter à son mari : « On n'y peut rien. On peut pas nous tuer à cause de ça. » Ils étaient restés dix-sept ans à Haute-Moure sans avoir *jamais rien eu*. Ils faisaient attention. Les bêtes étaient bien soignées. Pardi, ils étaient ensorcelés !

Je lui demande si elle a cru aux sorciers. Elle ne s'est jamais occupée de ça. « Mes pauvres enfants, leur disait l'équarrisseur, j'osais pas venir chercher ces animaux. J'osais pas. Ça me faisait trop de peine. »

Ils sont restés quand même. Ils ont pris le dessus.

Ils ont acheté un taureau pour essayer de gagner un peu. C'était dix francs la saillie. Quand ils étaient payés ! Les gens payaient au bout de l'année. Elle n'était pas tranquille, avec ces taureaux. Ça n'allait pas toujours avec ces bêtes ! Monsieur Bourdache, le père de l'institutrice de Saint-Simon, venait souvent aider. Il sortait le taureau. « Mais le cœur battait chaque fois qu'il sortait quelle bête dans quelle cour ! » Une fois, l'animal l'a renversé.

Ils ont eu un noir. Ils ont eu des limousins. Ils en ont gardé longtemps. Les prix ont augmenté. Ils prenaient vingt francs.

Après les chevaux, ils ont acheté des bœufs, des bœufs noirs aussi. Toinou allait devant les bœufs.

— Ah, j'y ai été devant les bœufs !

Et, là encore, la peur ne lui *laissait pas les pieds par terre*. Les bœufs parfois sont mal dressés. Elle partait du Renclos, elle était sur le qui-vive toute la journée.

Est-ce qu'elle voudrait revivre cette vie ?

— *Non, foutre !*

— Vous ne voudriez pas recommencer ?

— Ah non, foutre. Oh non, oh non.

— Ma tante Irène, qui a eu de la peine, dit comme vous.

— Ouais, eh ben je suis pas toute seule !

— Il n'y a rien que vous aimeriez recommencer ?

— Oh non, non.

Elle ajoute :

— Je n'aimerais pas être jeune aujourd'hui. Oh... non, parce qu'ils sont trop gâtés. Vous ne croyez pas ? Ils ne sont pas plus contents que moi qui ai jamais rien eu, puisqu'ils ont jamais assez. Quand ils ont ça, ils veulent autre chose. Alors, ils sont pas heureux. Moi, j'ai été plus heureuse qu'eux dans le fond, parce que j'ai jamais eu envie de rien. J'aime mieux les voir heureux que malheureux, ben sûr. Parce que... quoique, aujourd'hui, y en a qui sont malheureux ! Vous voyez bien qu'o se divorce, o se laisse... Chez nous jusqu'à présent, ils sont tous restés ensemble, c'est tout ce que je demande. Je demande pas autre chose que de les voir contents. Aussi, je vous garantis qu'ils n'iront pas quelque part sans dire té te voilà ci, te voilà ça. Et ils m'apportent des bonbons.

Elle rit.

— J'en mange pas une miette ! Tout ce qu'ils trouvent de plus cher, ils l'apportent. Et je dis : « Vous êtes fous, le diable m'emporte ! »

Elle travaille moins, bien sûr, depuis qu'ils ont laissé la propriété. Mais cette année Marguerite, sa bru, ne peut pas aller dans les champs. Quand elle y va, elle doit se mettre dans la chaise longue pendant deux ou trois heures pour reprendre son aplomb. Alors Toinou préfère qu'elle reste. Elle ne s'en trouve pas plus mal. Elle est heureuse quand elle est seule dans son jardin. Le temps ne lui dure pas.

Elle travaille à son rythme, tout le temps. Quand elle veut aller au cimetière, elle y va.

Elle a commandé un caveau pour les loger tous les trois avec son mari. Elle a fait recouvrir la mère de Marguerite d'une plaque de ciment. Pareil pour sa fille. Parce qu'elle a pensé : Quand nous serons morts, les uns seront à Orléans, un autre peut-être à Paris, un autre à Jarnac, une autre ailleurs, nous aurons de *l'herbe* chez nous. » Alors c'est prêt. Tout est prêt.

Elle croise les bras, fixe l'entrée de la cour.

Des voitures passent sur la route, à la queue leu leu, un cortège. Trois ou quatre klaxonnent. Des roses aux antennes. Aux portières, du tulle blanc. Un mariage.

27

Elle est inquiète de l'avenir. Elle ne sait pas ce qu'ils vont devenir. Elle préfère ne pas y songer. Parce qu'elle ne sait pas lequel partira le premier.

C'est que Marguerite a bientôt quatre-vingts ans. Sa mère est venue à quatre-vingt-six. Mais elle trouve qu'elle décline beaucoup, sa bru.

Oui, ils ont Bichou, Robert. Si encore il avait une femme ! Il pourrait porter secours, ou n'importe. Elle l'a dit au médecin : « Lequel c'est-y qui va porter assistance aux autres ? »

Il y a Henri, son autre petit-fils de Paris, qui n'est pas marié. Il n'est jamais chez lui. Elle a eu envie d'aller le voir. Elle l'a dit à sa cousine, qui habite de l'autre côté du bourg. Et elles ont pris le train.

Il est venu la chercher à la gare d'Austerlitz. Elle était déjà allée à Paris, en 36, avec sa tante, l'une des sœurs de sa mère, qu'elle avait accompagnée aux grandes eaux de Versailles. Sa tante et elle y avaient soupé.

Henri l'a amenée chez lui. C'était le soir. Ils se sont couchés. Le lendemain, ils sont allés chez le fils de sa cousine. Le soir, chez sa tante. Ils sont retournés voir Versailles. Henri lui expliquait tout. Toinou lui a dit : « Dis donc, je parie que tu nous as fait parcourir au moins deux cents kilomètres ! »

Elle rit.

Il l'a promenée partout dans Paris. Elle voulait voir chez lui. Parce qu'au Renclos il laisse ses affaires en pagaille. Quand il est en vacances, sa mère ne rentre pas dans sa chambre. Il a le goût des vieilleries et en rapporte à chaque fois qu'il sort. Il cherche dans les brocantes. Il a voulu faire arranger un vieux buffet qui pourrissait depuis cinquante ans sous les piliers du magasin. Le menuisier est venu le chercher. Ils ont descendu une vieille table qui venait de la grand-mère de Marguerite, qu'il a nettoyée.

— Ça ne m'étonne pas qu'il vous ait poussé à me parler et qu'il nous ait accompagnés à Hautefaye l'autre jour ! me lance Toinou. Il est attaché aux saloperies du passé depuis tout petit. Il m'a bassinée avec ses questions dès sept, huit ans. Il a rempli sa chambre, ici, de vieux tableaux et de vaisselle dépareillée qui ne sert à rien. Qu'est-ce qu'il en fait ? A quoi ça sert ?

Comme il laisse ça tout en désordre, Toinou était curieuse de l'appartement qu'il s'était acheté à Paris. Dans la chambre où elle a couché, y avait un bon lit, y avait des belles couvertures, des dessus-de-lit qu'il avait rapportés de pays très étrangers. Tout était rangé. Elle a dit : « C'est très bien comme ça. » Son parquet est un plancher à carreaux, comme au château de Versailles ! Il lui a répondu : « Tu sais que je l'ai frotté, queu parquet. J'ai fait le ménage avant que tu viennes ! »

Elle rit.

Oui, c'est très bien. Il a elle ne sait pas combien de livres.

Il a une bibliothèque qui fait au moins deux mètres cinquante de long, et une autre vitrée, et une autre dans sa chambre. Il a rapporté des livres d'Egypte, où il faisait son service militaire. Il avait vingt-sept ans à la fin de ses études. L'armée l'a envoyé coopérer en Egypte, en 1967. Et il a été pris par « la guerre des Six Jours », entre Israël et les pays arabes. C'était reparti pour la guerre avec une nouvelle génération de Besse. Toinou n'a encore pas fermé l'œil de la nuit pendant une semaine. Heureusement tout s'est arrêté très vite. Avec l'argent gagné là-bas, qu'il n'avait pas le droit de sortir, il a acheté des grandes malles en fer qu'il a remplies de livres et expédiées à Paris...

Elle explique, détendue, visiblement satisfaite de parler de son petit-fils.

— Votre voyage chez Henri a été un moment heureux. Pourquoi ne voudriez-vous rien recommencer ?

— Ah, parce que...

— Quels ont été les moments heureux dans votre vie ?

— Mais jamais, mon pauvre ami ! J'étais pas malheureuse avec mon mari, mais qu'est-ce que vous voulez, on ne gagnait pas beaucoup d'argent, à peine si on pouvait s'acheter ce qu'il fallait. Avant la guerre, il gagnait quatre-vingts francs par mois. O n'était pas des millions dont on entendait parler dans queu temps. Oh non non non non, je voudrais pas recommencer, refaire. Jamais de la vie !

Elle se détourne, s'épanouit.

— Alors, Bichou, tu y arrives ?

L'emploi de ce petit nom affectueux en ma présence gêne Robert, qui s'approche. Il me regarde.

— Ça y est, la télé marche.

— C'est bien.

Tom est avec lui. Il lui fait signe de rester en arrière. Le chien s'assied sur son derrière.

— Il fait un temps de demoiselle, dit Robert avec, dans les yeux, le même velours vert très doux que sa grand-mère.

Le père de Marie-Claire emploie ce mot aussi pour qualifier le beau temps. Je pense à notre virée du matin, Marie-Claire et moi, sur les chaumes.

Nos regards courent dans le beau jaune du soleil de la cour. Il y a dans l'air quelque chose de sain.

Un ange passe. Tom halète, la langue rose en toboggan sur les crocs.

— Tu lui racontes tous nos secrets ?

Je devine une pointe d'inquiétude, presque de reproche, dans la question de Robert.

— Elle me dit que ses petits-enfants la gâtent.

— C'est elle qui nous gâte.

— Le ballon des filles est arrivé là, dit-elle.

— L'orage a dû l'emporter cette nuit.

— Tu le remportes ?

Robert s'accroupit. Toinou esquisse le mouvement de glisser la main sur l'épaule de son petit-fils. Un geste comme une caresse. Il l'a vu. Leurs regards se croisent.

Il s'en va, le ballon rouge comme une grosse tomate dans la main. Le chien le suit, sans un coup d'œil vers nous.

28

Je veux encore quelques éclaircissements sur sa généalogie. Elle dit que sa grand-mère maternelle s'appelait Marguerite, mais on la disait Angela. Elle ne savait seulement pas qu'elle s'appelait Marguerite, mais avec André, son autre petit-fils, ils sont allés à Nontronneau, où sont enterrés ses grands-parents maternels. Et elle a vu sur la tombe qu'elle s'appelait Marguerite Laurençon.

Elle ne sait rien du mari d'Angela, son grand-père. Il était charpentier, est mort quand elle avait neuf ans. Le couple avait du bien. Sa grand-mère avait eu soixante-dix mille francs pour contrat de mariage. Mais ils ont tout mangé avec des emprunts pour leur commerce de tisserands. C'est pour ça qu'elle, Toinou, a toujours détesté les emprunts.

Et du côté de son père ?

Elle a donc connu le grand-père qui était au lit après s'être cassé la jambe. Et encore mieux sa femme, la grand-mère qui a déménagé après sa mort dans sa maison du Vieux-Siriex, de l'autre côté des bois. Elle l'a accompagnée à la procession de la Fête-Dieu quand le curé venait bénir les blés. L'église était à cinq kilomètres. Mais le curé venait au hameau. Ils tendaient des draps ornés de fleurs sur les murs et dressaient un autel devant le calvaire. Les blés étaient hauts, presque mûrs. Ils avaient balayé les chemins, habillé le hameau de fête. Elle chantait les cantiques de la procession, sa grand-mère par la main. Mais le lendemain, quand l'autel était démonté, les draps enlevés, le hameau était triste.

Après la mort de sa grand-mère, elle est allée souvent au cimetière. Elle savait où étaient ses grands-parents dans le cimetière de Javerlhac. La famille avait toute une rangée de tombes. Et tout a disparu. Les oncles, les cousins restés là-bas ont laissé la commune faire. Ça les arrangeait bien. Elle leur en a voulu. Les mémoires disparaissent aussi quand on ne va plus nettoyer les tombes.

Comment était Angela ? Grande, elle avait du chic. C'était une belle femme.

Toinou raconte le drame de famille du petit-fils d'Angela, son cousin Guillaume, en 1916. Guillaume avait émigré en Charente, lui aussi, avec sa femme. Ils s'étaient embauchés ici, à Juac, dans une grande propriété. Il est parti à la guerre. Sa femme a pris quelqu'un pour l'aider. Elle avait dit à son mari, Guillaume : « Tu peux faire confiance à ta femme. Si quelque chose m'arrive, je me tuerai. » Qu'est-ce qui s'est passé ? Elle a couché avec cet homme sans doute. Comment ça s'est passé ? Elle a tenu sa promesse. Elle s'est pendue à Juac, dans l'écurie de Chez-Joussant.

Toinou se souvient du petit cousin Maurice, dix ans, l'aîné des fils de Guillaume, frappant à la porte de Haute-Moure, où elle était venue habiter avec ses parents. L'enfant est resté sanglotant sur le seuil. « Tata, dit-il à la mère de Toinou, maman a s'a pendue. — Ta mère s'est pendue ! — Oui. » C'est lui qui l'avait trouvée dans l'écurie.

— Eh ben, il a fallu y aller, qu'est-ce que vous voulez ! Guillaume n'est pas revenu de la guerre. Il est mort à Verdun, quelques jours après. Je crois qu'il avait appris ce qui était arrivé chez lui. On a accompagné le corps de sa femme en train à Javerlhac. A cette époque-là, quelqu'un qui se suicidait ne passait pas par l'église. Le corps n'entrait même pas au cimetière par la porte. On passait le cercueil par-dessus le mur.

La mère de Toinou ressemblait à Angela, quand elle se mettait en toilette. Ça lui allait bien. Elle était de taille moyenne, pas tout à fait aussi grande que sa propre mère.

Câlinait-elle sa fille ? Toinou a-t-elle des souvenirs de tendresse ?

— Vous pensez qu'elle avait *le temps* ?... Quand j'allais quelquefois au Vieux-Siriex, je disais à ma grand-mère : « Oh je voudrais bien rester là, un peu, je voudrais... » Mais ma grand-mère habitait à côté de chez ma tante, qui avait déjà ses trois petites-filles. « Ma pauvre, qu'elle disait, comment veux-tu que je te garde, avec les trois saloperies que j'ai là, comment veux-tu que je te garde ? » Alors je m'en retournais.

Sa mère est morte à soixante-douze ans. Son père a vécu sept ans de plus. Il est venu à quatre-vingt-sept ans, *sec comme une hobereau*, vous savez, cet oiseau, un faucon...

Sa mère souffrait d'un cancer du ventre. Elle est allée la voir en Dordogne. Les Allemands étaient là. Il fallait une autorisation du maire.

Elle cherche dans sa poche, en sort un livret couvert de moleskine noire, sa carte d'identité, signée du maire de Saint-Simon, en date du 14 septembre 1940.

Sur la carte, sa date de naissance, le 14 mai 1889 à Javerlhac en Dordogne ; sa profession, cultivatrice à Saint-Simon, Charente ; taille, 1 mètre 54 ; cheveux, gris ; sourcils, châtains ; yeux, gris (« Comment, gris ? Ils ne sont pas gris ! Où le fonctionnaire d'état civil a-t-il vu qu'ils étaient gris ? ») ; nez, ordinaire ; menton, rond ; bouche, moyenne ; visage, ovale ; signes particuliers, néant.

Toinou a donc cinquante et un ans sur la photo. Elle paraît assez jeune encore, le visage plein, les lèvres pincées, les cheveux épais tirés vers l'arrière.

Mais il y a de la cendre dans ses yeux.

De la dureté, de la souffrance. De la détermination, de la résistance à la brutalité des choses.

Elle a pourtant épinglé un nœud de dentelle blanche au col de sa robe noire. Brodé par Madeleine, sa fille ? Le total des deux timbres fiscaux collés sur la carte s'élève à treize francs.

La ligne de démarcation entre la zone occupée et la zone libre passait par la Charente depuis août 1940. Elle a pris l'autobus d'Angoulême à La Rochebeaucourt, parce que le train de Nontron était coupé par la ligne de démarcation. Elle a montré ses papiers. Les Allemands l'ont laissée passer. Elle a fait presque le reste du trajet à pied, plus de vingt-cinq kilomètres. Quand elle est arrivée à Mareuil, elle a téléphoné chez son père de venir la chercher. Mais son neveu était dans les champs. Qui avait le téléphone à Mareuil ? Elle ne s'en souvient pas, mais ils ne devaient pas être nombreux. Alors avant que son neveu soit prévenu, qu'il attelle la bourrique, elle était bientôt arrivée. Elle n'en pouvait plus. Mais elle se disait : Faut que j'y aille, quitte à crever ! Ma mère m'attend !

Elle effleure du pouce sa signature sur la carte. Une signature ronde à la plume, appliquée : *Besse Marie*. C'est vrai que son premier prénom est Marie mais qu'on la connaît sous le second, Antoinette.

Elle y est retournée une autre fois, pendant la guerre. Elle a pris un billet pour La Rochebeaucourt. A La Rochebeaucourt, ils n'ont pas voulu la laisser passer. L'autobus l'a ramenée à Angoulême. Elle en a pris un pour La Rochefoucauld. Parce que sa cousine était religieuse là-bas. La maison des religieuses était à la limite de la ligne. Les bonnes sœurs avaient un grand clos avec une porte qui ouvrait dans les champs. Elles savaient les heures où passait la ronde et elles envoyaient traverser le monde, après que la ronde était passée.

Mais, cette fois, Toinou a passé au poste, ils l'ont laissée aller. Après, elle a dû prendre *une* autobus pour Marthon, et de Marthon *une autre* pour Saint-Martin-le-Pin. Puis elle s'est enfilé tout le chemin à travers bois pour arriver chez ses parents, aux Coders.

— Eh ben, je vous promets que…

Sa mère est morte et elle n'a pas pu faire le voyage parce que plus personne ne passait. Sa mère lui avait dit : « Tu ne viendras pas à mon enterrement. » Ol a été vrai !

— C'était quand ?

— Le 30 septembre 1941.

Elle triture le bouton de son col de blouse, se frotte le bras comme si elle avait froid.

— C'est comme si elle n'était pas morte !

Elle se tait. La planche du petit hangar est tiède sous la main.

— On peut s'arrêter là, Toinou.

Elle hoche la tête.

— Pourquoi avez-vous accepté de me parler ?

— Parce que vous me l'avez demandé !

La petite lueur moqueuse scintille au fond de son œil.

— Pour laisser une trace ?

— Parce que je suis très vieille !

Elle ajoute, vive :

— Une trace ? Quelle trace ? Je m'en fous ! Quelle trace voulez-vous qu'une femme comme moi laisse ? Ma trace, c'est z'eux, Henri, André, Jean, Robert, Lisette. Je l'ai fait pour z'eux.

La lueur rayonne sur toute sa figure.

— Je sais qu'ils aiment les vieilles saloperies !

Elle rit, détendue d'arriver au bout. Elle n'est pas lasse, dégoulinante comme à la fin des précédentes rencontres. Le temps de demoiselle y est pour quelque chose.

Elle ne bouge pas, comme si elle n'était pas sûre d'avoir tout dit.

29

Elle croise les bras.

— Y avait queu vieux buffet de ma grand-mère, Henri l'a fait ranger et l'a déménagé chez lui à Saint-Cloud. Ça fait comme une armoire qu'il a mise dans la chambre où j'ai dormi chez lui, là-bas.

Elle rit, se penche vers moi.

— Y avait le blutoir, qui venait de la mère de Marguerite. C'est Antoine qui l'a dans sa salle à manger, le fils de Philippe et Jacqueline Mitterrand. Il l'a nettoyé, mis propre. Ça ressemblait à un buffet aménagé pour tamiser la farine. On levait le dessus, et on y versait la farine rien que moulue. Et alors de ce côté il y avait la machine, le rouleau à l'intérieur était entouré de toile fine. Y avait plusieurs sortes de toiles. Alors on tournait, on tournait, la farine tombait, la farine fine, la petite farine et puis le son, tout ça.

J'ai l'impression qu'elle fait durer. Elle croise les pieds sous sa chaise, sourit toute seule, le regard sur les arcs dessinés par la queue de Tom dans la terre un peu noire des pluies d'orage au-dehors.

J'essaie de compter les rides autour de ses yeux, sa bouche. Je n'ai pas envie, moi non plus, que ça s'arrête. J'aimerais profiter d'elle encore un peu. Robert traverse la cour, la longue échelle double sur l'épaule. Toinou a peut-être encore un fil de sa mémoire à tirer.

— Une fois, y avait la voisine... dit-elle en effet, la nièce de mon oncle, on sortait souvent ensemble...

Toinou lui a proposé : « Té, si on allait à la frairie chez ma grand-mère ? » Et les voilà parties toutes les deux.

Les Besse nourrissaient alors un gars des carrières – il s'appelait Lucien. Il rentrait le soir à Javerlhac mais, à midi, il payait une pension. La pierre de la carrière était dure. La voisine regardait sans arrêt vers la cabane de la carrière, en haut du coteau avant les bois au-dessus du Grand-Gillou. Enfin, pensait Toinou, fi de chien, qué t'ou qu'elle cherche à quelle croisée ? E t'ou qu'elle galope queu Lucien ? Tout d'un coup, elle voit son mari qui sort de là, son mari qui n'était pas encore son mari, habillé pour aller au bal en compagnie de ce Lucien. « Holà, elle a dit à sa voisine, c'est au moins toi qui les as invités à venir ! » Ils avaient acheté des oranges pour leur plaire. Elle a refusé : « Je ne veux pas d'oranges ! Donnez-les à qui diable vous voudrez, j'en veux pas ! »

Elle rit. Elle ne voulait rien, rien du tout. Elle avait quinze ans.

Elle revient à ce qu'elle m'a déjà dit, au tournant de sa vie qui la hante :

— J'ai dit à ma mère : « Si je dois coucher avec quel homme tout le temps de ma vie, j'ai pas besoin de faire des manières, de faire des saloperies ! Allez, hop ! Pas de cérémonie ! »

Elle ne rit plus. Elle fixe les dessins sur la cour, l'empreinte des brodequins de Robert.

— Mais vous avez aimé votre mari...

— Comme les autres, sans doute. J'ai eu de la chance. A l'hôpital de Clermont en 1916, après sa blessure à la guerre, ils lui attachaient un poids de cinq kilos au pied pour lui étirer la jambe. Il s'était laissé pousser la barbe. « Oh, j'ai dit, quand il est rentré, je veux pas te voir avec quelle barbe. On dirait un bandit. » Il a coupé sa barbe. Il a gardé que la moustache. Oh oui, mon mari était *très très* fier. Il commandait toujours une lotion quand il se faisait couper les cheveux. Le coiffeur cirait les pointes de ses moustaches presque noires. Jamais il était sale. Oh, il aurait gardé ses culottes six mois... Robert les porte quatre jours. Il est comme mon père, un peu... *vadrouille*, pas délicat. J'avais acheté à mon mari un grand tablier bleu pour l'écurie. Il le mettait. Et puis des galoches. Il ne sortait jamais dans la cour avec ses galoches d'écurie...

Robert raccroche l'échelle aux clous sur le mur du magasin. Elle se lève comme à un signal.

— Allez, c'est bon ! Ça y est !

Elle se tourne vers Robert qui revient.

— Tu nous attends à la maison ?

J'ai compris qu'on n'échappera pas au jardin. Je tourne le bouton du magnétophone. A ce moment-là elles se mettent à chanter.

Je monte le son. Elle a deviné.

— Vous entendez les cigales ?

Je hoche la tête, les cherche dans l'amandier, laisse tourner quelques secondes.

Et je la suis sur la route et le long du mur de l'école. Elle trotte devant moi à son rythme rapide, comme s'il y avait le feu. Quand elle marche, le mouvement chasse les idées noires et le reste.

Le facteur l'a croisée un jour le sac d'herbe à lapins sur l'épaule.

« Ce ne serait pas plus facile de transporter votre herbe à la brouette, mémé Toinou ?

— Non, ça va comme ça ! »

Toinou a l'énergie, la force de vie. Elle trottera longtemps encore.

Elle me fait signe de m'asseoir près d'elle sur le banc, le dos au mur tiède.

— Quand j'en ai assez, je m'assois ici, je récite mes prières.

Elle bondit aussitôt.

— J'ai pensé à des pêches. Des pêches vous feraient plaisir ?

— Sûrement. Mais nous en avons à Boisrond.

— C'est moi qui ai planté les noyaux, ici !

La lumière la dore, tête nue, ses cheveux blancs dans le feuillage du pêcher.

La fin d'après-midi sent déjà l'automne. Le couteau de jardin est planté à côté de moi entre les pierres.

— Vous êtes complètement charentaise, maintenant !

— Je sais pas. C'est à eux de le dire. Mais j'y serai enterrée !

Elle revient avec les pêches dans son tablier, s'assoit pour me les montrer.

— Il y en a deux espèces. Les petites pêches de vigne ne sont pas les moins sucrées !

La terre du carré est battue par l'orage.

— Un jardin, vous le laissez un an, deux ans, il redevient une forêt vierge.

Elle se relève, file, comme si elle sautillait d'un carré à l'autre.

Nous nous arrêtons devant ses haricots pour lesquels elle a craint pendant la nuit. Et nous continuons jusqu'à l'abricotier, qui a souffert. Les fruits orange tapissent le sol. Je vais chercher la brouette.

Il me semble comprendre pourquoi Toinou a tant tenu à m'accompagner dans son jardin. Elle ne le dira pas, mais son jardin parle des racines qui lui ont poussé aux pieds ici. Elle me montre les arbres qu'elle a plantés.

Toinou porte fruit.

Nous sommes revenus les mains collantes, la brouette aux trois quarts pleine. Les fruits abîmés feront de la confiture.

Je l'ai accompagnée à l'évier pour me laver les mains. La fenêtre sur le pont de Juac était ouverte. René était assis devant, dans son fauteuil. Un pêcheur poussait sa barque sur le fleuve vers les marches du vieux quai gabarrier. L'odeur des menthes de la rive montait jusqu'à nous.

Elle a insisté pour que je m'asseye en reprochant à sa bru de ne pas avoir mis la table car elle avait dit à Robert que nous avions fini. Marguerite a sorti du frigo le saladier de fraises au vin. J'ai compris qu'elles étaient notre gerbaude, le festin de la fin de nos entretiens.

Toinou a rempli d'autorité, à ras bord, de fruits et de vin rouges les grands verres en pyrex, réputés incassables.

— Doucement pour moi, a dit Marguerite.

Elle a continué de remplir.

— Je sais que vous mangerez tout.

— Les petites fraises de la fin de saison ont la saveur des fraises des bois, a dit Robert, en en lançant une à Tom, qui l'a gobée au vol sur la marche du seuil.

Toinou avait, comme toujours en Charente, mêlé du cognac au vin.

— En grande Champagne, s'est moqué René, les Champagnots vendent, cher, une bouteille de cognac, mais ils se plaignent après : « Maintenant, je ne l'ai plus dans mon chai ! »

— Vous n'avez pas eu envie de repartir en Dordogne avec vos grands-parents et vos cousins ?

— Retourner à Hautefaye ? Jamais !

René a dit « Hautefaye ». Pas Javerlhac, ou le Grand-Gillou. Hautefaye, le village des cannibales.

Toinou a demandé mon verre pour remplir encore. J'ai dit que je conduisais. Elle a répliqué que leur vin rouge n'était pas fort.

— Vous lui avez ajouté de l'alcool.

— Il faut bien que nos fraises au vin aient le goût de la Charente !

Le goût de la Charente a répandu dans la cuisine ses bons arômes de cognac. Le chien clignait des yeux sur la marche. Il s'endormait, le museau entre les pattes, mais il a redressé la tête lorsque Robert a tendu la main avec une fraise.

Je me suis levé. Toinou avait glissé les pêches dans un sac. Ils m'ont suivi dans la cour tous les quatre. Les pigeons étaient presque tous au garde-à-vous devant leurs nids, comme s'ils avaient été prévenus. Il n'en manquait que trois. Leurs têtes ont accompagné mes déplacements autour de la voiture.

Toinou se tenait devant, sous l'amandier. Elle a levé les yeux vers les branches. J'ai baissé ma vitre.

— J'aurai peut-être besoin de revenir vous demander des détails.

Je l'avais découverte au même endroit, les mains

dans ses poches de blouse, il y avait une semaine. Le temps de rien. Le temps d'une vie.

J'ai démarré. Nos regards se sont croisés. Nous nous sommes fixés comme ça une seconde, deux secondes, souriant à demi. J'ai pensé : Ses yeux vert atlantique... Peut-être parce qu'ils avaient écrit sur son passeport qu'elle avait les yeux gris.

Les jours de mauvais temps, le vert de l'Océan vire au gris. Elle n'avait pas dû le voir si souvent. J'ai failli lui demander si elle aimait la mer.

Et puis j'ai accéléré.

30

Je n'ai pas obliqué vers Juac et le pont. J'ai pris à droite vers Saint-Simon, puis le chemin blanc, un peu plus loin à gauche.

Le cimetière de Saint-Simon est en haut à l'écart, derrière les jardins du bourg. Je ne connaissais que les flammes noires de ses ifs par-dessus les toits.

On m'avait dit qu'il était plus important et plus varié d'architecture que celui d'Angeac. La population gabarrière y a apporté sa diversité. Une tombe émouvante avec un enfant debout sculpté sur sa stèle accueille le visiteur sitôt le portail, en face de l'entrée.

J'ai cherché le caveau que Toinou avait fait construire, l'ai trouvé près du mur est, une tombe simple de maçon, en béton, sans fioriture de pierre. Les quatre compartiments réunis deux par deux s'élèvent sur un étage.

Trois étaient vides. Les couples de Toinou et de René avaient chacun leur place réservée. J'ai pensé aux nids des pigeons dans les murs du Renclos.

La plaque sur le compartiment fermé portait le nom de François Besse, et les dates : *1882-1935*.

J'ai revu les photos de celui qui n'était jamais sale, la lotion dans les cheveux, les moustaches cirées par le coiffeur.

L'orage avait renversé le pot de géranium. Je l'ai relevé, j'ai rempli d'eau le petit arrosoir vert au clou près du robinet et arrosé la fleur sur la tombe de François Besse.

J'ai continué par la route basse de Haute-Moure. Les quatre ou cinq grosses maisons charentaises alignaient leurs murs sur la crête comme une citadelle. Le vieux puits carré à manivelle auprès du lavoir semblait abandonné. Le père de Marie-Claire m'a dit que les murs de Charente protègent les vignes du vent et du gel.

Des tresses de nuages étiraient à l'ouest un velours teinté d'ocre. Le soleil étincelait dans la vallée sur le fleuve et rejaillissait en éclats de pierres précieuses. Un rassemblement de corbeaux se querellait dans son dortoir de peupliers. Leurs croassements furieux sonnaient à leur manière le glas de l'été.

Les vacances étaient finies. Nous allions partir. J'étais triste et heureux, comme on l'est quand arrive la fin d'un bon moment, « de foutus grands moments, foutre ! », comme disait Toinou.

J'ai pensé que c'était partie remise, je reviendrais vers Toinou l'été prochain. J'aurais des choses à lui demander, des détails à éclaircir. Mais je n'ignorais pas qu'un an c'est long et c'est court, quand on a quatre-vingt-douze ans. Si, comme ils disent en Charente, Toinou battait son *dail* ?

Ou si, comme disait la mère de Marie-Claire, elle refermait son parapluie ?

Je n'ai pas tenu ma promesse. Je n'ai pas rendu visite à Toinou l'été suivant. Nous avons pris nos vacances ailleurs.

Je ne suis pas allé la voir non plus l'année d'après. J'étais engagé dans d'autres aventures. Je me passionnais pour d'autres rencontres. Les enregistrements étaient dans un tiroir de mon bureau. J'avais des nouvelles de Toinou par André. Elle allait bien. C'étaient René et Marguerite qui avaient du mal.

Je l'ai rencontrée un dimanche, à la boulangerie de Châteauneuf. Robert l'avait accompagnée à la messe. Une broche fermait le col de son chemisier. Je lui ai dit qu'elle ne changeait pas. Quatre ans avaient passé. Elle a haussé les épaules.

— C'est ce qu'on me dit depuis quatre-vingt-dix ans ! Je fais semblant de le croire !

Les clients dans la file ont ri autour de nous. Je lui ai annoncé que je ferais prochainement le détour par le Renclos.

— Vous ne savez peut-être plus où se trouve la maison ?...

J'ai entendu le reproche.

Nous avons été très occupés. Les années ont filé. J'ai emmené mes élèves latinistes à Rome. Le vaste monde s'offrait à nous, l'Autriche, le Transsibérien, la Chine. Nous avons beaucoup voyagé. Ils ont détruit le four communal d'Angeac parce que, disaient-ils, il empiétait dangereusement sur la chaussée et empêchait le passage des tracteurs et des vendangeuses. C'est vrai que sa construction ronde au toit de tuiles, en bon état, débordait un peu sur la voie. Des générations d'habitants d'Angeac y avaient cuit leurs pains et leurs pâtés. Il pouvait encore servir. Est-ce qu'ils allaient abattre aussi les murs trop près de la route ?

Quelquefois, je me demandais si la voix de Toinou ne s'abîmait pas. J'engageais la cassette sur le magnétophone. J'écoutais chez moi avec un pincement coupable Toinou me parler.

Nous revenions pourtant régulièrement à Boisrond pour les rassemblements de famille. Nos deux filles se réjouissaient de retrouver leurs cousins et cousines. Le père de Marie-Claire a apporté un panier de bouteilles poussiéreuses, le jour anniversaire de ses soixante-dix ans. Il en a posé une devant chacun de nous sur la table. Il avait préparé des lots pour ses enfants. C'était le fameux cognac 1900, dont le fût avait été enterré au pied d'un poirier pour le soustraire aux Allemands. Il a distribué comme à l'habitude, sans cérémonie, sans en rajouter, comme ça, le trésor de son paradis.

Nous avons débouché une bouteille. Le cognac avait juste, comme il faut, le nez de rancio, mélange de notes boisées et épicées, proche de l'odeur de boîte à cigares, qui convient aux vieilles eaux-de-vie. Il n'avait pas perdu de son feu. Nous en avons tété quelques gouttes au bord de nos verres.

Nous avions un siècle sur la langue. C'était presque un péché d'avaler.

L'année suivante, il est venu avec un petit sac de toile et il a fait une nouvelle distribution. Ce n'était pas de l'or liquide, cette fois. C'étaient des pièces de monnaie, des louis d'or de l'époque faste pour le cognac sous Napoléon III.

Ces jaunets avaient survécu au désastre de 1870, quand la grand-mère du père de Marie-Claire avait porté à la mairie, comme beaucoup de Charentais, une marmite pleine à ras bord de pièces d'or pour répondre à l'appel de Gambetta et sauver la France. Nous avons empilé les pièces en petits tas au bord de nos assiettes.

Toinou est morte le 15 août 1992. Elle avait cent trois ans.

Depuis quelques mois, elle n'y était plus. Elle avait décidé que c'était fini.

Elle ne se nourrissait plus, préparait le déjeuner de Robert avec difficulté. C'est pourtant ce qui l'obligeait et la maintenait, depuis la mort de son fils René et de sa bru. L'un et l'autre lui avaient faussé compagnie la même année, en 1988. René en avril, Marguerite en novembre.

Toinou connaissait leurs fragilités. Elle a semblé ne pas accuser le coup. Elle avait quatre-vingt-dix-neuf ans quand ils sont partis. Elle les a conduits au cimetière, sans canne, sans aide, sans larmes, droite dans le manteau de sa mère, la première derrière le corbillard. Elle les a vu mettre côte à côte dans le caveau.

Elle a accepté avec bienveillance les festivités organisées pour l'anniversaire de ses cent ans, le dimanche 14 mai 1989. Elle a été plus adroite que Jacqueline Mitterrand, alors maire de la commune, à planter l'arbre de la Liberté, un prunus, sur le quai de Saint-Simon, la veille au soir.

— J'aurais dû apporter ma pelle et ma bêche, a-t-elle bougonné. Elles vont mieux que quelles-là !

Le grand repas a eu lieu, le lendemain, entre les piliers du magasin du Renclos débarrassé de son matériel, remorque et tracteur. Ses petits-neveux de Dordogne avaient fait le voyage. Jacqueline et Philippe Mitterrand étaient aussi de la fête. Elle a tenu à sortir les vieux draps brodés en guise de nappes et a surveillé la disposition des tables.

Ses petits-enfants lui ont offert un fauteuil Voltaire, elle qu'ils avaient vue si peu assise.

— Un trône ! a-t-elle murmuré. L'est bien trop beau et trop grand pour moi !

Elle a mis du temps à s'y asseoir. Elle a tourné autour.

Il y a une photo d'elle dans le fauteuil, parmi les fleurs de la fête. Ce devait être avant le repas. Il faisait beau, mais presque frais. On ne la voit pas adossée. Elle se tient sur le devant. Les fleurs en boules d'un hortensia blanc occupent l'espace au premier plan. Elle porte une robe en toile qui se boutonne sur le côté comme la blouse de nos entretiens. Comme alors, son mouchoir n'est pas tout à fait enfoncé dans sa poche.

Toinou sourit, de son beau sourire de bon pain.

Il y a de la grandeur dans sa manière de se tenir droite, de la noblesse. Sa vieille écorce est toute craquelée par son sourire. Elle est belle. Le regard vers le photographe, menton levé, je suis sûr qu'à ce moment-là elle est heureuse.

Elle est cernée par sa tribu.

Ses bras et ses mains sont abandonnés sur les accoudoirs.

Elle a cent ans et elle rayonne. Tout est accompli. Elle peut se laisser choyer.

Les appareils photo la mitraillent. Elle est le centre du monde. Mon Dieu, être une fois le centre du monde !

Jusqu'à la mort de sa bru, elle avait été habituée à vivre dans une maison pleine, souvent trop pleine. Elle avait souffert de l'entassement, du mouvement, de la bousculade. Mais, désormais, elle était toute seule dans sa maison vide, hors les repas. Robert était encore là, mais il arrivait pour manger et repartait.

— Comment allez-vous, Toinou ? lui demandait Philippe Mitterrand quand il lui rendait visite.

— Je m'ennuie.

Il arrivait par le porche. Il venait régulièrement sous le prétexte de lui apporter du miel, s'asseyait sur le banc sous l'amandier. Elle vaquait dans sa cuisine.

— Vous vous ennuyez ? Arrêtez-vous donc. Venez vous asseoir à côté de moi...

Elle finissait par lui obéir.

— Vous voyez, ils m'ont offert un fauteuil, je ne l'userai pas. Je m'y assois quelquefois pour lire.

Il lui apportait aussi des journaux, des livres. Elle soupirait.

— C'est beaucoup trop long, tout ça.

— Tout quoi ?

— Tout. Il faudrait que ça s'arrête.

— Mais vous êtes encore utile !

— Bof !

Robert était encore avec elle. Mais il avait une amie.

Elle lui a demandé d'attraper les pigeons du Renclos. Il leur tordait le cou. Elle les a passés les uns après les autres à la casserole. Elle en avait assez de leurs roucoulades et de leurs becquetées devant les pigeonniers.

Elle a sacrifié ses derniers lapins, réduit le nombre de ses poules.

Elle a résisté jusqu'au bout dans son jardin. Robert lui préparait la terre. Elle chaussait ses vieux sabots. A cent ans passés, elle plantait cent pieds de poireaux, quarante pieds de tomates, dont elle avait gardé les graines.

— Tant que ça, Toinou, rien que pour deux ? lui reprochait Robert. On pourrait semer des fleurs...

— Eh bé, je donnerai ce qu'il y a de trop. A tes frères et à ta sœur quand ils viendront, et à leurs enfants.

Le jardin produisait trop de tout. Elle donnait aussi aux voisins. Des tomates, des courgettes, des concombres, des haricots, des pêches, des abricots se sont perdus.

— Ce gaspillage, grognait-elle. Quand je me rappelle qu'on manquait de tout !

Elle a bien voulu laisser un grand carré aux fleurs, l'année de ses cent deux ans. Elle y a mis des chrysanthèmes. Ces fleurs au moins étaient utiles. Et puis quelques patates de dahlias, des giroflées, des gueules-de-loup. Elle avait la main verte. Son jardin a fleuri.

Mais elle n'en était pas fière. Elle en avait plutôt honte.

— On n'avait pas de fleurs, au Grand-Gillou. On avait autre chose à faire. Et on n'aurait pas gassillé de la si bonne terre.

Elle a toussé beaucoup, pendant l'hiver 91-92. Sa poitrine était encombrée. La bronchite a fini par la clouer au lit. Le médecin lui a dit qu'il reviendrait.

— Pas la peine, docteur !

— Pourquoi ?

— Vous êtes venu une fois, c'est bien assez !

Elle s'est remise sur pied.

Mais elle a traîné. Elle a toussé tout le printemps, et les premières chaleurs de l'été n'y ont rien changé. Elle allait et venait, presque comme avant, mais moins vite. Par moments, la toux l'arrêtait.

— Crève donc !

Robert l'a surprise, plusieurs fois, assise sur le banc contre le mur de son jardin. Elle fermait les yeux. Est-ce qu'elle dormait ? Récitait-elle ses prières ? Il ne disait rien mais il faisait à sa place ce qu'elle ne pouvait plus. Elle s'installait dans le fauteuil, pour lire. Il la trouvait, le journal sur les genoux, paupières closes.

Elle n'a jamais failli à un repas. Tous les jours, le fricot attendait Robert, leurs deux assiettes sur la table, les verres, la bouteille de vin, le manger sur la gazinière, le café dans la casserole.

Elle ne s'est pas levée un matin, alors qu'elle s'obligeait à se mettre debout pour lui sortir le pain, le beurre, les confitures, et prendre le petit déjeuner avec lui.

— Je peux me débrouiller tout seul, Toinou. Profite donc un peu de ton lit !

— Je sais. Mais j'en ai marre de me reposer ! La vieille te manquera, tu verras, quand elle ne sera plus là...

C'est le matin du 1er août qu'elle a raté le rendez-vous. Il a attendu. Et puis il a poussé la porte de la chambre. Elle s'est réveillée en sursaut.

— Quelle heure est-il ?

Elle a toussé, a voulu se lever. Elle est restée au bord de son lit.

— Tu as de la fièvre.

Elle a flageolé, essayé de se mettre debout, quand même.

— C'est vrai que ça tourne un petit peu...

— Je vais t'apporter ton petit déjeuner. Tu te lèveras plus tard. Quand tu auras mangé, ça ira mieux.

Elle s'est laissé faire.

Il n'est pas allé dans les vignes. Il est resté bricoler autour du Renclos. A midi, elle n'était toujours pas levée. Elle s'est inquiétée de sa cuisine, lui a indiqué ce qu'elle avait prévu, ce qu'il fallait faire pour le déjeuner.

Le médecin est venu l'après-midi. Il lui a trouvé les bronches encombrées. Elle respirait mieux assise. Ils l'ont redressée avec plusieurs oreillers. L'eau dans ses poumons l'étouffait lorsqu'elle était couchée.

Il faisait beau. Elle a demandé qu'on lui ouvre la fenêtre, celle qui donne sur le pont de Juac.

— Il fait un soleil magnifique et je n'ai pas le courage de sortir ! Quel malheur !

Elle n'a plus eu la force.

Le 9 août, le médecin a téléphoné au service d'admission de l'hôpital de Girac, à Angoulême.

Ses petits-enfants se sont relayés et ils ont passé les nuits dans sa chambre.

C'est Robert qui a été là, pour la dernière. Plusieurs fois, elle lui a fait le geste de ses deux mains tendues, cette nuit-là. Et il a compris après ce qu'elle voulait lui dire : il n'y avait pas à s'inquiéter, il n'y avait plus rien à faire, c'était comme ça, il fallait accepter, elle était arrivée au bout.

Elle avait toujours dit qu'elle n'avait pas peur de mourir. Elle n'avait plus la force de parler. Elle souffrait beaucoup à respirer. Son souffle plein de glaires ronflait dans sa poitrine et sa gorge. Elle allait chercher loin.

Et puis, soudain, Robert ne l'a plus entendue.

C'était à l'aube du 15 août 1992. Toinou avait cent trois ans, trois mois et un jour.

31

Nous n'étions pas là pour l'enterrement de Toinou. L'été nous avait transportés au bord de la Moskova. Marina nous servait de guide. Je me souviens d'une soirée dans son appartement moscovite avec son mari, Sacha. Nous étions venus à la réception de notre interprète avec deux bouteilles de cognac de Boisrond. Nous avons encouragé nos hôtes à réserver ces vieilles eaux-de-vie pour les grandes circonstances. Mais Sacha a voulu déboucher les bouteilles. Le cognac a remplacé la vodka sur la table. Le verre à la main, j'ai évoqué les arômes de cognac 1900 des aïeuls de Marie-Claire. Et puis j'ai raconté Toinou, Hautefaye, son quotidien chez les Mitterrand, une histoire française. A la fin du repas, les deux bouteilles étaient vides, et Marina et Sacha, les yeux humides de reconnaissance, chantaient leurs airs bouleversants de mélancolie russe en l'honneur de l'éternelle Russie et de la Charente réunies.

A notre retour à Angeac, le père de Marie-Claire m'a raconté la foule autour du Renclos et de la petite église de Saint-Simon, cet après-midi-là.

Nous travaillions ensemble au fond du pré de Boisrond à curer l'œil de la fontaine. C'est une nécessité, à la fin de l'été, d'enlever à la fourche et au râteau les paquets d'herbe qui envahissent le bassin et commencent à pourrir. Les carpes et plus encore les écrevisses, qui prospèrent en eau claire, pourraient en souffrir.

Les lentilles avaient poussé en paquets lourds que je chargeais ruisselants sur la brouette en prenant garde qu'une anguille ou un rouget ne s'y trouve prisonnier. J'ai remarqué que le père de Marie-Claire n'était jamais plus éloquent que lorsque ses mains s'affairaient sur une tâche. Immobile dans son fauteuil, au coin de la cheminée, il se taisait, dans la contemplation. Il devenait bavard à l'ouvrage, comme si son esprit se libérait dans l'action. Il m'a détaillé avec des vibrations mouillées dans la gorge la cérémonie émouvante de l'enterrement de Toinou.

C'était donc le 18 août, le jour anniversaire même de notre premier rendez-vous dans le petit hangar. J'y ai vu comme un signe, un rappel de Toinou qui, je le savais, n'était pas de celles qui renoncent. Une incitation à agir. J'avais à accomplir son existence qu'elle m'avait confiée. Je m'y étais engagé. De son au-delà, à sa manière, mine de rien, elle continuait de tricoter sa mémoire et la mienne.

J'ai écouté, le cœur serré, le père de Marie-Claire se rappeler cet après-midi d'août.

Le soleil cognait. Tout Saint-Simon, habituellement endormi à cette heure de la méridienne, était sorti. Les bourgs d'Angeac, de Vibrac, de Bassac, de Graves étaient là aussi, pour un dernier hommage à la doyenne du pays.

Quelle étrange fête ! Les voitures se sont alignées sur les bas-côtés de la route, de Saint-Simon à Bassac. Les portières claquaient. Les gens se sont embrassés. Les cousins et les amis se retrouvaient. Les tribus se reconstituaient.

A deux heures et quart, le curé est arrivé au volant de sa petite voiture. Il n'y a plus de presbytère à Saint-Simon depuis longtemps. Il a sorti son matériel, de feuilles, d'ornements. Des paroissiens de bonne volonté l'ont aidé à installer le micro et les haut-parleurs.

La cloche de l'église a sonné. Le fourgon noir est sorti du Renclos.

Il faisait trop beau. Les gens se fabriquaient de l'ombre comme ils pouvaient, avec leur chapeau, un foulard, une feuille de papier, une main en visière sur le front. Les hommes avaient tombé la veste. Des femmes étaient en robes à bretelles, les épaules nues.

Les petits-enfants de Toinou marchaient derrière le fourgon, Jean, André, Henri, Robert, Lise-Marie, et tous les arrière-petits-enfants. Les filles avaient les yeux rouges. Les gens se sont rassemblés sur la place autour de l'église au calcaire doré verdissant du douzième siècle, tout juste assez grande pour contenir la famille. L'enceinte du prêtre manquait de puissance. Passé le portail, on n'entendait plus rien.

Les places sous les arbres valaient cher. Le père de Marie-Claire en a trouvé une sous le tilleul, s'est assis sur le muret d'enceinte de la placette. Les gens se serraient. Ils n'étaient pas vraiment tristes. On aurait pu dire presque gais. Toinou avait eu une longue vie. Ils évoquaient leurs bons moments et ceux de leurs parents et grands-parents avec elle. Il y avait des rires. C'était comme un rassemblement de famille, d'une grande famille. Un mot revenait sans cesse : travail.

— Ça, elle a travaillé !

— C'était une femme travailleuse !

— Le travail ne lui faisait pas peur.

— Elle a travaillé jusqu'au bout !

— Elle s'est battue pour y arriver !...

Arriver où ?

Quelques-uns ont descendu la ruelle jusqu'au quai sur le fleuve. Mains dans le dos, ils ont arpenté les pavés. Les eaux étaient basses.

La cloche a sonné. Les quatre garçons sont sortis, le cercueil de leur grand-mère sur leurs épaules. Toinou n'était pas très lourde. Elle ne mangeait plus depuis plusieurs semaines.

Et le fourgon a entamé la lente remontée vers le cimetière. Les portails des porches étaient clos. L'air brûlait dans les ruelles entre les pierres des maisons chauffées à blanc. Les brugnoniers des jardins du haut bourg ployaient sous les fruits. De son lit, Toinou avait songé à demander à Robert de mettre des tuteurs à ses pruniers, pêchers, abricotiers. 1992 a été une année à fruits, tous les fruits, les cerises, les prunes, les pêches, les brugnons, les abricots. Il l'a écoutée. Il l'a fait.

André, Jean, Henri, Robert l'ont élevée une dernière fois sur leurs épaules devant la grille du cimetière. Et elle est entrée avec eux dans son dernier renclos. Ils ont sinué entre les tombes qui empiètent en désordre sur l'allée étroite.

C'est alors, m'a dit le père de Marie-Claire, la voix étranglée, qu'il a réalisé que le seul carré de terre que Toinou a jamais possédé en Charente était ce lopin de cimetière partagé avec son mari, son fils et sa bru.

Tout ça pour ça.

Ces combats, ces jours, ces chemins, ces nuits, ces levers, ces repas, ces défaites, ces pleurs d'enfants, ces épuisements, ces humiliations, ces souffrances, ces inquiétudes, ces espérances, ces réussites, ces rires, ces prières, ces appels, ces cris, ces recommencements.

Et alors ? Elle était de partout. Quelle différence entre elle et les morts importants dans la dentelle de leurs tombes-chapelles à côté de la sienne ? Toinou n'avait jamais eu de maison à elle en Charente. Mais, derrière le mur du cimetière, il y avait ce plateau, ces vignes, où elle avait tiré les bois, vendangé. Elle était chez elle.

Elle s'était accroupie avec son panier et son couteau pour cueillir de la doucette entre les rangs. Cette mâche sauvage des vignes était la salade qu'elle préférait.

Cette terre était la sienne. Elle était de ce monde. C'était ce qu'étaient venus lui dire, à leur manière, confusément, les hommes et les femmes, les vieux, les jeunes, les patrons et les domestiques qui défilaient à présent devant le bois de son cercueil et serraient la main de ses petits-enfants.

Ils vous saluaient bien, Toinou. Révérence.

Sans doute, quelques-uns connaissaient l'histoire de la petite Toinou et les loups. Quelques-uns se la sont répétée en marchant vers le cimetière. Laquelle ? La légende ou la vraie ? Quelle est la vraie ? Quelques-uns, aussi, avaient eu écho du village des cannibales. Un journaliste du quotidien local *Sud-Ouest* a écrit que la tragédie de Hautefaye restait, plus de cent vingt ans après, une plaie ouverte pour ses habitants. Le maire avait voulu implanter une stèle et rendre hommage à la victime, ses concitoyens l'ont obligé à abandonner le projet. « Il y a encore une honte dans le village », a expliqué le maire au journaliste, avant de conclure : « On ne sait plus aujourd'hui à qui appartient le terrain où le jeune Monéys a été brûlé. »

Les gens touchaient le cercueil de Toinou en se signant. Leurs mains appuyaient sur le bois blond. Les troncs des vieux ifs craquaient.

Bientôt la chaleur allait devenir visqueuse. Bientôt les orages. Toinou avait eu ce geste de ses deux mains levées vers Robert sur son lit d'hôpital. Elle voulait dire que c'était comme ça. Ce n'était pas un drame. C'était la règle, le lot commun, le circuit naturel, la Charente coulerait après elle sous le pont de Juac.

Les herbes allaient pourrir bientôt dans le lit du fleuve. L'air de la vallée serait alors rempli d'une vague odeur gluante et douceâtre.

Et puis après viendrait une autre odeur heureuse, plus sucrée, tonique, celle des vendanges.

Puis celle des distilleries en hiver.

32

Il y a au-delà du plateau, vers l'est, une hauteur visible du cimetière de Saint-Simon qui domine la ligne de mamelons des collines.

Une petite église romane, comme il en a poussé partout, profile sa tour carrée à son sommet. Une grosse maison charentaise, presque un château, dresse ses murs épais à côté d'elle. Une ribambelle de toits rouges s'accrotille autour.

Et c'est impressionnant de simple beauté.

De tous les points de la vallée les vignes se lancent à l'assaut de cette côte. La route l'escalade doucement mais la pente est raide, parfois. Nous l'avons montée à bicyclette, Marie-Claire et moi, vers le village de Moulidars.

Des hommes jouaient aux boules sous les tilleuls pendant que nous reprenions notre souffle sur la placette devant l'église.

Moulidars a la discrétion et la modestie fière des collines charentaises. La transpiration du cognac noircit un grand nombre de ses toits de tuiles. Nous nous sommes approchés du balcon au bord de la place.

Le plateau déroulait ses vignes. Un tracteur bleu descendait entre les rangs mais on n'entendait pas son moteur. Les maisons de Vibrac et de Saint-Simon formaient rempart avant la ligne verte des peupliers des bords de Charente. Le soleil lançait des traits de feu sur les fils des vignes. Les ifs étiraient leurs flammes au-dessus du cimetière de Saint-Simon.

La boule d'un tireur a claqué dans le jeu. Les boules ont giclé. Des cris ont fusé. Un joueur a couru examiner la partie.

J'ai murmuré votre nom :

— Toinou !

Marie-Claire m'a interrogé des yeux. Et elle a dit :

— Elle est tranquille ! Elle est bien.

J'ai pensé à la formule dans la pierre des morts : *Requiescat in pace.*

Il n'y a pas d'inscription sur votre tombe. Seulement votre nom sur la plaque de marbre noir et les dates *1889-1992*, à côté de celle de votre mari, François.

J'ai laissé dormir trop longtemps votre histoire, Toinou. Je me sentais coupable aussi à l'égard de vos petits-enfants et arrière-petits-enfants. Je me disais qu'un jour ou l'autre il faudrait bien qu'à ma manière je leur rende votre voix. Je vous gardais en réserve comme dans les chais charentais, dans mon paradis. Ne pas donner corps trop vite à votre histoire, c'était ne pas laisser le temps imposer sa loi et gâcher le trésor.

J'ai attendu. Le moment est venu.

Vous êtes vivante. Votre voix en s'éloignant a, me semble-t-il, pris une résonance qu'elle n'avait peut-être pas, il y a trente-cinq ans. Les années lui ont donné une puissance, une intensité, une humanité et, curieusement, une proximité plus grande. Vos chemins, vos travaux, votre courage ont à nous dire.

J'ai aimé et j'aime encore votre accent mêlé et perdu des vieilles langues de France. Votre franc-parler, votre intelligence de la vie, votre lucidité, ce stoïcisme obligé, votre mémoire riche, votre souci du détail vrai. Votre quotidien n'a fait que quelques lignes (avec des erreurs) dans les journaux régionaux, le jour de vos cent ans, après la plantation du prunus de la Liberté que la municipalité suivante a sottement fait arracher.

Le Renclos n'est plus habité. Votre cour, le magasin sont devenus espace de rangement du matériel agricole. Votre maison, qui me paraît plus petite qu'il y a trente ans, sert d'entrepôt de produits phytosanitaires.

Robert s'est installé un peu plus loin sur la route de Bassac avec sa femme. Les herbes folles étouffent vos pêchers et brugnoniers, dont les branches desséchées tombent les unes après les autres.

J'y suis allé avec Marie-Claire. J'ai trouvé dans le mur, entre les pierres, à l'emplacement du banc, le vieux couteau rouillé qui servait à couper vos salades. Excusez-moi, j'ai emporté cette relique. Les petites beunasses de quelques journaux de vigne ont disparu. Les vignerons, moins nombreux, exploitent des propriétés beaucoup plus grandes. La plupart vendangent à la machine.

Tout change, mais l'or du cognac continue de couler et la Charente semble immortelle.

33

Pourquoi, tout de même, ai-je tant tardé à écrire l'histoire de Toinou ? Je n'étais pas prêt. Je ne sais pas.

Je pense encore au cognac. Aucun œnologue n'a trouvé la recette pour remplacer l'action du temps. Je pense aux fruits de Toinou dans son jardin. Ça n'était pas mûr.

Sûrement le récit de la vie de Toinou m'a touché plus profondément que je ne le croyais. Il renvoyait à tant d'histoires intimes.

Toutes ces années ont passé. Je connais un peu mieux mes fragilités. Je sais que je suis mortel. Un jour le temps s'arrêtera.

Le moment est venu. Ecrire et vivre, c'est aussi se souvenir.

Après Toinou, d'autres sont partis. Le père de Marie-Claire a cessé de conduire et d'aller à la pêche quand ses enfants ont trouvé imprudent de le laisser tout seul au bord de la Charente jusqu'à la nuit tombée. Un faux pas suffisait. Un trou de rat dans la terre de la rive. La Charente est changeante.

La disparition de la mère de Marie-Claire, partie la première, l'a plongé dans une dépression profonde. Cet homme avait besoin de sa femme. Il s'appuyait sur elle. Il n'a plus beaucoup bougé de sa maison de Boisrond. Ses voyages immobiles, il a continué de les rêver en solitaire sur les cartes routières, à la table de sa cuisine, sous la lumière trouble de la suspension.

Un soir, le téléphone a sonné chez nous. J'ai deviné tout de suite au « Ah » étouffé de Marie-Claire qu'il était arrivé quelque chose. L'infirmier qui venait l'aider à se coucher l'avait trouvé comme ça, effondré sur sa table, une carte dépliée sous lui. Il était parti pour le grand voyage.

D'autres s'en sont allés, Philippe Mitterrand, et son frère, le président de la République.

La question que je me pose, c'est peut-être pourquoi, jeune, amoureux comme on l'est à vingt-cinq ans, je suis allé passer ces journées d'un été de vacances avec une vieille dame. Mon insatiable curiosité ? Cette histoire de loups ? Je flairais une Toinou de légende. Ou avais-je déjà conscience qu'au bout du compte le temps emporte et détruit tout ?

Nous étions en vacances, l'été dernier, dans la maison du bourg d'Angeac reçue en héritage. Les nuits étaient aussi chaudes que les jours. L'air moite du fleuve entré par la fenêtre ouverte de notre chambre à l'étage n'apportait aucune fraîcheur. A Angeac, les nuits sont lumineuses. Aucune pollution ne vient ternir l'éclat de la Voie lactée. Le silence n'est troublé parfois que par les aboiements d'un chien. La cloche de l'église ne sonne qu'à partir de l'angélus de l'aube et se tait dès l'angélus du soir.

Nous dormions mal à cause de la chaleur. Nous nous sommes réveillés, un matin, fatigués déjà. Marie-Claire s'est levée pour mettre tout de suite les volets « en tuile ». J'ai dit, la tête sur l'oreiller, que j'avais encore la cervelle hantée par de drôles de rêves. Un air lancinant me tournait dans la tête. Quelques notes. Je ne savais d'où elles venaient.

Je les ai chantées à Marie-Claire.

— Ça te rappelle quelque chose ?

Elle a repris l'air. Et, à l'entendre dans sa bouche, ça m'est revenu.

A la foire de Hautefaye... le marchand de penilles...

La complainte de Hautefaye ! Je l'ai reprise avec les mots.

Toinou ! C'était comme un rappel. Peut-être le signe qu'il me fallait.

Marie-Claire m'a vu bondir de notre lit.

— Où vas-tu ? Qu'est-ce que tu fais ?

J'ai dégringolé l'escalier, cherché dans le tiroir de la salle à manger Henri-II que le père et la mère de Marie-Claire avaient achetée avant leur mariage chez un ébéniste de Barbezieux. Je me suis installé à la table avec une feuille de papier et un crayon.

C'est venu tout seul. Les premiers mots ont coulé comme de source :

J'ai rencontré Antoinette Besse pendant l'été. Nous passions nos vacances...

Marie-Claire m'a rejoint.

— Ça y est ? C'est parti ?

Elle a chantonné les quelques notes de la complainte.

Je la regarde. Elle est contente. Elle me réclame depuis longtemps le livre de Toinou.

J'ai l'impression de baigner dans une substance douce et claire comme le miel. Pour l'instant, je n'ai pas besoin de réécouter les enregistrements. La voix de Toinou est là. Sa musique.

Est-ce bien une cigale que j'entends dans la cour ?

Il y a après Juac et la prairie de Saint-Amant, à trois ou quatre kilomètres de Saint-Simon, une autre hauteur en surplomb du fleuve, le mamelon de Graves. Son église romane, plus ancienne que celle de Moulidars, date du onzième siècle. Le village ne compte qu'une demi-douzaine de feux. Un architecte des monuments de France y a installé sa famille. Les Mitterrand y ont aussi quelque chose. Les deux communes de Saint-Amant et Graves y ont organisé pendant plusieurs années leur frairie ensemble, au pied de la côte, dans la prairie du bord du fleuve.

Nous sommes venus à la fête, Marie-Claire et moi. Le fleuve est là-bas large et profond. On a amarré un ponton pour les péniches de plaisance dans ce méandre de la Charente.

Les tables étaient alignées le long de la haie. Nous avons dîné à la lumière des lampions jusqu'à la nuit noire. Nous mangions du melon au pineau et du grillon charentais, une rillette de porc au maigre fondant, épicé et savoureux. Les charcutiers du pays rivalisent à qui cuisinera la meilleure recette.

Nous ne quittons jamais la Charente sans emporter notre provision du grillon de Granet, le charcutier de Châteauneuf.

A minuit ils ont tiré le feu d'artifice.

Je sais que j'y ai vu les Besse. Oui, vous étiez venue en voisine, Toinou. René et Marguerite étaient attablés, aussi. Le jeune Robert donnait la main aux bénévoles autour du feu de javelles qui grillaient les biftecks.

A la fin du repas, les propriétaires de la commune ont généreusement versé leur cognac dans les verres de café encore chauds.

Nous n'avons pas bougé de nos bancs quand les artificiers de Graves et Saint-Amant ont tiré leurs fusées. Ceux qui tournaient le dos ont simplement pivoté pour s'adosser à la table.

Les verres à la main, nous y entrions le nez et la bouche pendant que les fusées montaient. Nous humions le boisé, les arômes d'amande, de noix, d'abricot, de vanille, de cannelle.

Le feu d'artifice illuminait l'église. Les cris joyeux montaient. Des « Oh ! » et des « Ah ! » ravis. Et les flammèches retombaient dans les eaux du fleuve.

Personne n'a eu envie de partir après la gerbe finale. Les enfants couraient dans la prairie. Il y avait de la musique. Quelques couples se sont levés pour danser. Nous avons suivi le mouvement.

Y avez-vous dansé, Toinou ?

Vous souhaitez en savoir plus sur les livres et les auteurs de la collection Terres de France ?

Retrouvez toutes les informations sur le site
www.collection-terresdefrance.fr
et abonnez-vous à notre lettre d'information.

Suivez-nous également sur notre page Facebook
et sur notre fil Twitter.

Composition et mise en pages
Nord Compo à Villeneuve-d'Ascq

Achevé d'imprimer par
Dupli-Print à Domont (95)
en septembre 2016

Dépôt légal : avril 2016
N° d'impression : 2016091528

Imprimé en France